汲古選書 33

中国のアルバ
——系譜の詩学

川合康三 著

中國のアルバ——系譜の詩學

目　次

中國のアルバ——系譜の詩學

庚辰

中國のアルバ

あるいは樂府「烏夜啼」について

一　はじめに

人間は個體の中にあらかじめ組み込まれている本能によって活動するよりもむしろ、人々が長い歴史の中で蓄積してきた文化の枠組みの中で生きるものであるとするならば、我々を人間として成り立たせている諸々の要素は、それぞれの文化によって決定されていることになる。

例えば何氣なくしているしぐさが、實は自覺することなしに固有の文化から「教えられた」ものであることに氣付くのは、他の文化圏のしぐさに違和感を覺えた時である。日常的な挨拶のしぐさにも「頭や肩をこぶしで打」ったり、「互いに顔や肩をなぐりあ」ったりする文化がある(1)ことを讀んで我々は驚くけれども、すぐそれに續けて日本人のお辭儀について、念を入れて記述されている(2)のには當惑し、改めて我々は一つの文化の中に身をおいているにすぎないことを知るのである。

しぐさ・儀禮といった行動的側面、感情のもち方・ものの考え方といった内面的側面、それらには文化によって様々な相違があるであろうことは容易に想像されるが、人間に根源的なものの如く思いこんでいる感覺ですら、感覺器官の忠實な働きにまかせてはおけないもののようだ。太陽スペクトル、つまり自然光線をどのような色彩に分節するかには、言語によってそれぞれ差異があることは、よく例に引かれる。虹は七色である、のではなく、我々の文化の言語に規制されて七色と思いこまされているのである。

また、日本人の腦、嚴密にいえば、日本の文化圈で育った者の腦では、蟲のすだく聲を西歐人などのように右の腦で聞くのではなく、言語を司るのと同じ左側の腦で聞いているという說も、近年唱えられたことがあった。(3)

十六、七歳まで地下牢の中で育ったカスパー・ハウザーの場合は、あらゆる文化と無緣に成長した人間の稀有な例を提供するが、世間に出て來てほどない頃、窓の外の美しい風景を見せられても、その景色は彼の目には映らなかった。野原や丘や家をそれぞれ區別して見ることができず、樣々な色彩がゴチャゴチャ混じりあったようにしか見えなかったという。(4) 風景觀、美意識などをいう以前に、まず物を物として見ることにも文化が介在していることを、この話は傳えている。このように文化は人間の感覺、感情、思考、行動——人間的要素のすべてにわたって、人間を規制し、同時にまた保障してもいるのである。

それぞれの背負う文化が樣々なレベルで差異をもつのと同時に、異なった文化の間で普遍的にみられる現象が存在していることも確かだ。種としての人間の共通性が、文化の形にも共通する要素をおのずと生みだすのであろうか。日常生活から更に文化的操作が加えられた文藝の場合にも、それぞれの文化の間での相違と類似は當然あり、今ここで見ようとするのは、文化の違いを超えて共通する樣式のひとつである。

男女關係の文化的差異として、極端な例を擧げれば、男同士、あるいは女同士の「結婚」が正式に行なわれているなどということもあるというが[5]、しかしまた一方で、時代や地域によって様々に異なるはずの男女關係の樣態の中に、ひとつの樣式化が共通して戀愛文學の一ジャンルを形成しているということもある。相い會した男女が朝をむかえて別れなければならない時、その離れがたい胸の思いを歌うという形の戀の歌、いわゆる後朝《きぬぎぬ》の歌がそれだ。男女の情愛にまつわる心の動き、行動樣式、生活形態、そこには樣々な差異があるはずなのに、きぬぎぬという文藝樣式は奇しくも一致しているのである。

西歐ではそれを alba と稱している。alba とは古プロバンス語で夜明けを意味する語に由來するらしく、ラテン語の白を意味する albus を語源とするという。Jonathan Saville がその著 "The Medieval Erotic Alba――structure as meaning――" の冒頭で記しているアルバのプロットは、次のようなものだ[6]。

二人の戀人たち――騎士と、その妻ではない高貴な女性――が彼女の部屋のベッドに横になって、戀に陶醉した夜を樂しんでいる。突然、二人の歡びは中斷される。夜明けが、小鳥たちの歌や城壁から響きわたる城の見張り人の聲によって告げられ、夜明けの到來が戀の夜を終らせてしまう。戀人たち、ことに貴婦人の方が不服を唱える。彼らは見張り人に小言をいい、太陽を呪い、朝がすぐ近くに來ていることを否定する。しかし結局、二人は屈服しなくてはならない。別れの悲しみと涙にくれて、そしてじきに再會することを約束して、二人は別れる。騎士は外の世界へ出ていく。貴婦人は苦悶と切望を抱いたまま、あとにのこされる。

このようなプロットをもつアルバが十二世紀中葉、南フランスであらわれ、以後ヨーロッパに擴がっていったという。

世界各地のアルバを集めて一書を成したArthur T. Hatto編“EOS An Enquiry into the Theme of Lover's Meetings and Partings at Dawn in Poetry”の中國の部分は、Arthur Waleyが擔當している。(7) Waleyはその中で『詩經』から二十世紀の民歌に至るまで、九首の詩を掲げているが、彼の取り擧げた作品をふまえて更に例を加えながら、中國のアルバの姿を尋ねてみよう。

二　中國古代のアルバ

(1)　『詩經』の中のアルバ

『詩經』はその書名のごとく、中國古典詩の長い傳統の中で一貫して規範とされてきたものでありながら、實は中國の文學的因襲とは甚だ異質な性格をもっている。それは士大夫層による、儒教を根柢に据えた文學の束縛から免れているのである。たとえば男女の情愛にまつわる歌がことに「國風」の中には極めて多いということからして、戀愛が文學の正面から後退した後代の文學と相違しているのである。戀愛の文藝のひとつの様式であるアルバを探るのに、またとない寶庫のように期待されるゆえんだが、ところが今『詩經』を讀むのに、少なくとも二つの制約があるように思う。

一つはその編纂の時點での取捨選擇である。孔子自身が編集したという説が今はそのまま事實だとは考えられていないにせよ、『史記』孔子世家がいうように「古者《いにしえ》は詩は三千餘篇」あったとすれば、十分の九は編集者の判斷で捨てられたことになる。唐・孔穎達『毛詩正義』では、他の書物に引用されてのこっている詩が『毛詩』に收められている歌篇と大部分重なることから、司馬遷の説に疑問を呈している(8)けれども、紀元前六、七世紀頃に三百篇あまりに編次された、それ以前の狀態は知るよしもないのである。

制約の二は、『詩經』が儒家の經典として、その地位を固めていくにつれて、解釋も儒家の手によって固定されていったことである。毛傳・鄭箋の古注、朱子の新注を中心とした舊中國の解釋は、中國人が『詩經』をどう讀んできたかを見るのに、また解釋の方法やその底にある理念の中に時代の精神の反映を讀みとるのに、貴重な遺産ではあっても、『詩經』の作品が作られた時點でそのように理解されていたとはいいがたい。古注・新注の枠を破る解釋、ことに近年の民俗學など他の分野の成果を援用して古代詩歌そのものの眞の姿を求める解釋も少なくないが、分岐する諸説の中でどれを取るかは、いまだに讀者に委ねられているというほかない。

このような制約の中にあって恣意を免れることはむつかしいが、できるだけ控え目にアルバと解しうる篇があるかどうか、見ていくことにしよう。

Waley が『詩經』の中から典型的なアルバとして擧げているのは、鄭風「女曰雞鳴」と齊風「雞鳴」の二篇である。

女曰雞鳴

女曰雞鳴
士曰昧旦
子興視夜
明星有爛
將翺將翔
弋鳧與鴈

弋言加之
與子宜之
宜言飲酒
與子偕老
琴瑟在御
莫不靜好

知子之來之

（『詩經』本文の下に掲げる讀み下しは、ひとまず古注に從う。以下同じ）

女は曰う雞鳴
士は曰う昧旦
子興《お》きて夜を視よ
明星爛なる有り
將《は》た翺し將た翔す
鳧と鴈とを弋《い》ん

弋《い》たるを言《われ》は之を加《か》とし
子と之を宜《さかな》とせん
宜として言は酒を飲み
子と偕《とも》に老いん
琴瑟　御に在り
靜好ならざる莫《な》し

子の來るを知らば

雑佩以贈之　　雑佩以て之に贈らん
知子之順之　　子の順うを知らば
雑佩以問之　　雑佩以て之に問《おく》らん
知子之好之　　子の之を好むを知らば
雑佩以報之　　雑佩以て之に報いん

一篇ごとに詩意とその背景を説明する「小序」には、
女曰雞鳴、刺不説徳也。陳古義以刺今不説徳而好色也。
「女曰雞鳴」の詩は、徳を備えた人物が厭われるのを批判している。古えのありかたを述べることによって、當今では有徳の士を嫌って美女を愛好するのを批判するのである。
古注に従って詩の大意を記せば、次のようになる。

女がいう、にわとりの鳴く時間です。
男がいう、しののめ時になったよ。
(こうして夫婦はいつまでも寝ていずに、お互いに起こしあう)
あなた、見てごらん、夜が明けたかどうか。
明けの明星がきらきら輝いている。

（こんなに早起きすれば役所の仕事もすぐ片づいてしまうから）
かけたりはねたり、
鳧や雁を射止めよう。

射止めたものを私は二の膳として、
（來訪された）貴殿のための肴としよう。
樂しく酒を酌みかわし、
末始終、貴殿と友情をかためよう。
琴瑟もそばにあるから、
何もかも氣持ちがいい。

貴殿の來訪がわかっていたら、
いろいろな佩玉を用意してお贈りしよう。
貴殿と氣が合うことがわかったら、
いろいろな佩玉をさしあげよう。
貴殿が好きになったら、
いろいろな佩玉をお禮にしよう。

このように、古注では男女（夫婦）の登場は第一章のみであり、第二章・第三章では「子」を「賓客」と取って男の友人に對するもてなしを述べるとする。鄘風の「君子偕老」や衞風の「氓」では明らかに男女が添い遂げることを意味する「偕老」の語までも、男同士の間に押し込むのには無理がある。朱子『詩集傳』では、第二章も夫婦の和合したさまとし、第三章は妻が夫の賓客を大切にもてなす意と解する。Waley の英譯もこの方向にある。しかし吉川幸次郎がいうように「それでは次の章とつづきにくい」(9)、つまり、二章と三章の間に無理が生ずる。

第三章も男女間に限定して、新しい解釋を提示したのは加納喜光氏である(10)。それによれば女の「來（いたわる）、順（素直に從う）、好（愛する）」という意志表示に對して、男が「贈（贈り物をする）、問（ご機嫌を尋ねる）、報（好意にお返しをする）」という意志表示によって答えたもので、二人の氣持ちがぴったり一致したことを表しているという。そして全體を「相愛の男女が後朝の別れのときに結婚の意志を確かめることを歌う」とまとめる。男女の關係にある一組の男女が「士」と「女」の語でもっていわれるのは『詩經』の中によくみられ、ここでも夫婦に限定する必要もないし、夫婦の模範的あり方をかぶせる必要もなく、加納氏の明らかにした解が最も妥當のように考えられる。

だが、こう讀んだ上で、果たしてこれを“typical alba”（Waley）といえるであろうか。「雞鳴」「味旦」という段階的な朝への接近、男女の間で交わされるそれは、いかにもアルバの舞臺にふさわしいかにみえる。しかしここには、アルバの本質を成す朝の到來への惧れ・怨みや別れの悲しみがあらわれていないのである。あるのは惧れや悲しみではなく、結婚への期待や二人の氣持ちの一致する喜びである。戀の歌は一般に戀の苦しみ・悲しみを歌うものが多く、アルバもその方向にあるが、この歌は戀の歡びを歌った數少ない例のひとつであり、戀人たちの夜明けの設定はアルバを思わせるにしても、アルバの一變種とするほかないであろう。

Waleyが「典型的アルバ」として擧げるもう一篇、「雞鳴」の方はどうか。

雞既鳴矣
朝既盈矣
匪雞則鳴
蒼蠅之聲

東方明矣
朝既昌矣
匪東方則明
月出之光

雞既に鳴けり
朝は既に盈《み》ちたり
雞の則ち鳴くには匪《あら》ず
蒼蠅の聲なり

東方明けたり
朝は既に昌《さか》んなり
東方の則ち明くるには匪ず
月の出づる光なり

蟲飛薨薨
甘與子同夢
會且歸矣
無庶予子憎

蟲は飛びて薨薨たり
子と夢を同じくするを甘《たのし》む
會して且《まさ》に歸らんとす
庶《みな》をして予がために子を憎ましむる無からん

古注によれば、賢明な妃が夫に早起きを促す詩であり、それによって女色に耽り政務を怠る哀公をそしったものとする。ハエの羽音をにわとりとまちがえるほど、月の光を夜明けとみまがうほど、早くから妃は床を離れ、君を戒めるというのである。「朝」はそこでは朝廷の意味に解されている。新注は哀公の名まで出して限定しないものの、朝寢を貪らない賢妃をいうとするのは同じ。

この詩の場合も、加納氏の解(11)に與したく思う。朝の近づいてくる時間の戀人たち、女が雞が鳴いたと告げると、男は無理にそれをハエの音だといいなす。女が空の明らんだことをいえば、男は月の光だと言い消す。聽覺の上でも視覺の上でも、朝が抗いがたく接近する事實と、それを認めたくない氣持ちとの相克。第三章は短い逢瀬を哀惜しつつ別れざるをえない心情を述べているのであろうが、朱子の解に沿うWaleyも、末句については、どの解釋にも滿足できないとして空白のままのこしている。古注・新注のように「私のせいであなたが人から憎まれることのないように」と讀むとしても、それはアルバとしても意味は通るが、他者をもちこまずに、「予」と「子」の間で「憎」が生じないように、と二人の愛情の持續を希求する言辭とみることはできないであろうか。加納氏は嚴繁『詩緝』の說を取って「私のお前」に憎まれることがないように、と説明する。

この一篇は典型的なアルバといっていい。逢瀬を中斷する朝の到來を忌避したい氣持ちがあらわれているのは、アルバのきわだった特徴なのだ。二人の時間をそのままもちつづけたいあまり、無理やりに朝の切迫を否認する。その日常的な判斷としては筋の通らない否定の仕方は、民歌の中に時々みえる、日常性を超えた大袈裟な表現と似たところがある。

Waleyが『詩經』の中からアルバとして擧げているのは右の二篇のみであるが、ほかにアルバと結びつくような詩はないであろうか。例えば齊風の「東方未明」にはいう、

東方未明　　東方未だ明けず
顚倒衣裳　　衣と裳とを顚倒す
顚之倒之　　之を顚し之を倒す
自公召之　　公より之を召す

東方未晞　　東方未だ晞《あ》けず
顚倒裳衣　　裳と衣とを顚倒す
倒之顚之　　之を倒し之を顚す

自公令之　公より之を令《つ》ぐ
折柳樊圃　柳を折りて圃に樊《かき》とす
狂夫瞿瞿　狂夫は瞿瞿たり
不能辰夜　夜を辰《とき》する能わず
不夙則莫　夙《はや》からざれば則ち莫《おそ》し

この詩の場合も從來の解釋から記しておけば、古注では時報の擔當官が無能で朝廷に時間のけじめがなく、群臣が迷惑するのを諷刺した詩、新注は細部に異同はあるが、時間觀念のない君主を批判するという大筋は變わらない。

加納氏は「情事を妨害される者のあわてぶりをからかう戯れ歌」とする。[12] 確かに當事者が逢瀬の中斷に際した悲しみの色はなく、第三者がそれを見た時の、立場の轉換から生ずる滑稽感が優勢であるが、夜明けの接近とその爲の戀の中斷、晝の世界（それは役所からの呼び出しで表わされる）がいきなり夜の世界に侵入してきた爲の混亂など、からかわれている對象の中にアルバの状況を想定していいであろう。

もう一篇、鄭風の「風雨」を擧げよう。

風雨凄凄　風雨凄凄たり

雞鳴喈喈　　雞鳴喈喈たり
既見君子　　既に君子を見る
云胡不夷　　云胡《なん》ぞ夷《よろこ》ばざらん

風雨瀟瀟　　風雨瀟瀟たり
雞鳴膠膠　　雞鳴膠膠たり
既見君子　　既に君子を見る
云胡不瘳　　云胡ぞ瘳《い》えざらん

風雨如晦　　風雨晦《やみ》の如し
雞鳴不已　　雞鳴已《や》まず
既見君子　　既に君子を見る
云胡不喜　　云胡ぞ喜ばざらん

古注では風雨のさなかでも節度を守る君子を思慕する詩と解するが、新注は一轉して男女關係を設定する。「風雨」について、朱子は「蓋し淫奔の時ならん」というものの、「雞鳴」[13]については觸れていない。「風雨・雞鳴」の繰り返される二句に明快な解釋を與えたのは、これも加納氏で、「風雨」については「激しい戀のイメージ」とし、その「戀の嵐に沈潜して現實世界が見えない戀人たちに對して、日常的な時間を告知する介入者が雞である」と說明して、「風雨」も「雞鳴」も章を追うごとに激しさを增し、對立を際立たせていく、とされる。すなわち二人の浸る戀の世界と、それを圍繞して切迫する現實世界という構圖が浮かび上がることになったが、戀＝夜の世界と現實＝晝の世界との拮抗は、夜と晝との境界の時間、夜明けを舞臺とするアルバの基本的な要素である。ここで直接に歌われているのは、別れの悲しみではなく、戀の歡喜の感情ではあるが、しかしその歡喜も別れの時間が近づいてくるのを高まる「雞鳴」に覺えながら、なおも戀の陶醉に執着しようとする、重苦しく緊迫した感情を含んでいる。

以上、『詩經』の中から四篇の詩を取り上げて見てきたが、「雞鳴」「風雨」はほぼアルバとしての形を備えるものの、「女日雞鳴」「東方未明」はアルバに一脈通じるところがあるという程度にすぎない。のちに見るような、アルバの成熟した様式化は、まだ『詩經』では成立していないといっていい。むしろ、夜明けの時間が別離の悲哀に直結する後代の類型とは違って、夜と晝のはざまの戀人たちを歌う『詩經』の戀の歌は、素朴な合一への願望、傍から見た場合の滑稽さ、悲哀と重なりあった戀の歡喜など、様々なヴァリエーションに富んでいるものであった。そこに『詩經』の情歌の多様で豐饒なありさまをうかがうことができる。

Waley の擧げた二例、付け加えてみた二例、その四例のすべてが鄭風と齊風に偏ったことは、多分偶然ではない。『禮記』樂記に「鄭・衞の音は、亂世の音也」といわれるように、鄭風は古くからみだらな音樂と考えられていたし、また王運熙氏は、六朝時代、建業・江陵の物質的繁榮が呉聲・西曲の「激しい戀の歌」を生み出したのは、春秋時代、齊と鄭における商業・交通の發達が齊風・鄭風を生んだのと同じだとして、齊風・鄭風に「激しく大膽な戀の歌がとりわけ多い」ことを認めている(14)。

しかしながら、最初に記したことを繰り返せば、『詩經』に「達詁」を定めることは甚だむつかしい。加納氏の解釋は獨自の方法論を全體に適用することによって構築されたものであって、場當たりな恣意ではないが、今日通行している解釋、たとえば高亨氏の『詩經今注』などとは、だいぶ違っている。高亨氏の解釋の例を擧げると、「風雨」については(15)、夫と久しぶりに會った妻の喜び、という閨怨の完結篇のような解を掲げたあと（それでは加納氏が解き明かした「風雨」「雞鳴」が詩の中でもつ意味作用をみすごしている）、別解として女性が戀人と夜に密會するという説も付けているが、「雞鳴」については(16)奥方が殿を起こす詩としているなど、全體として傳統的解釋に因循しているようにみうけられる。長い注釋の歴史から解き放たれた解釋が定着するには、まだ時間がかかりそうである。とはいえ、古注以來の道德的曲解を伴なうことによってこそ、これらの作品が今日まで生き延びてきたことも確かである。もし本來の姿のままで行なわれたとしたら、『詩經』の詩群の大部分は、中國の文學の傳統の中で早い時期に消滅してしまったことであろう。

(2) 漢代のアルバ

Waleyは『詩經』の後、千年以上を經過しなければ次のアルバは見付からないと述べて、一氣に南朝の樂府に跳ぶが、千年餘の空白はWaleyも記しているように、その間《かん》アルバが存在しなかったというのではなく、今日まで傳承されなかったためであろう。

ここでは『詩經』と南朝樂府の間に、一首插入してみたい。取りあげるのは、いわゆる漢鐃歌の中の一篇「有所思」(『樂府詩集』卷一六)である。漢鐃歌、もしくは短簫鐃歌は、「安世房中歌」「郊祀歌」と竝んで、最も早い時期の樂府であり、今十八曲が傳えられている。十八曲の内容は雜多であるが、その中の「有所思」は「上邪」と共に、男女の愛情を歌った民歌の趣きをのこしているようにみえる。

有所思　　　思う所有り
乃在大海南　　　乃ち大海の南に在り
何用問遺君　　　何を用《もつ》て君に問遺《おく》らん
雙珠瑇瑁簪　　　雙珠の瑇瑁の簪
用玉紹繚之　　　玉を用て之に紹繚《むす》ばん
聞君有他心　　　君に他心有ると聞き
拉雜摧燒之　　　拉《くだ》き雜《ま》ぜて之を摧《くだ》き燒かん
摧燒之　　　之を摧き燒きて
當風揚其灰　　　風に當たりて其の灰を揚げん
從今以往　　　今從《よ》り以往《のち》

勿復相思　　復た相い思う勿かれ
相思與君絶　　相思を君と絶たん
雞鳴狗吠　　雞鳴き狗吠え
兄嫂當知之　　兄嫂當に之を知るべし
妃呼豨　　（妃呼豨）
秋風肅肅晨風颸　　秋風肅肅として晨風颸《はや》し
東方須臾高知之　　東方須臾にして高（皓《しら》）みて之を知らん

解し難きをもって知られる漢鐃歌の中では比較的内容を汲みやすい部類に屬するのであろうが、それでも、本來は「上邪」篇と合わせて一篇であったとする説(17)をはじめとして、個々の部分でも解釋は樣々に分裂する。清の注釋家の諸説を受け繼いで、今日の中國で通行している讀み方は、大筋のところ以下のようにまとめられよう。(18)——戀人のことを思う女性が贈り物を用意する。しかし他の女性に心が移ったと聞くと、贈り物をこわしてしまう。もう別れよう。でも人目を忍んで睦みあっていた頃を想い出すと、未練を吹っ切れない。別れるか別れないか、空が明るくなったら、私の心を照らし出してくれるでしょう。（妃呼豨は意味のない聲辭、「高」は同音の「皓」に通じるとして「しろい」に讀む）

詩の中の斷層を時間的な先後をつけることによって解決し、全體に一貫性をもたせた、甚だ合理的な解釋ではある。近年の注釋書は概ねこの方向で説明しているが、それとは別の解釋を擧げれば、王汝弼氏の

『樂府散論』(19)は、終わりの部分に文字の脱誤があるのか意味が鮮明でないとことわりながら、末一句を「空がまもなく明るくなったら、どんなことが起こったか、皆にわかることだろう」と解し、それは語り手の女性が自殺することをほのめかした措辭だという。

このように解釋が分かれるのは、末句の動詞「知」の主語と客語がはっきりしないためであろう。先の說では〔天は〕〔どうすべきかを〕告知してくれよう、と解し、後の說では〔人々は〕〔何が起きたかを〕悟り知る、と解する。「知」の主語と客語について〔　〕〔　〕で補った部分を附加することによってはじめて意味が通るのだが、新たな主語や客語をもってこなければならないところに無理が伴う。この「知之」をすぐ前の「兄嫂當知之」の句の「知之」と同じ價をもつ繰り返し、つまり主語・客語も同じとして讀めないであろうか。そうすると末一句は「空がじきに明るくなったら〔兄や嫂たちに〕〔私たちのことが〕わかってしまう」、となる。(20)

そしてまた、このような詩には、全體の論理的整合性や語り手の主尾一貫性を求めるよりも、集團に共有される戀の情調を點綴したものとして解した方が、より無理の少ない讀み方が開けてきそうに思われる。そうして全體の大意をとらえてみるならば、

私の思う人は、大海原のそのまた南にいる。何をあなたにお贈りしよう。二つの眞珠のついた瑇瑁のかんざし。それに寶玉をつなげましょう。あなたが心變りしたと聞けば、それをくだいて燃やしてしまおう。燃やしてしまって、その灰を風にまきちらそう。今からはもう、二度とあなたのことを思いません。あなたへの思いは斷ち切りましょう。にわとりが鳴く、犬がほえる。兄さん嫂《ねえ》さんにわかっ

てしまうわ。秋の風がはやぶさのように吹きすぎる。もうじき東の空が明るくなって、わかってしまう。

南海産の珍貨が出てくるのは、戀の思いに伴なう遙かな世界への憧れ、現實離れしたロマン的情感をあらわしているようにみえる。そして愛情の昂ぶりと對象への執着、執着から生まれる憎惡、憎惡から自分を守る離別の決意――愛情と憎しみが表裏になった感情があからさまに述べられる。そして祕められた戀が露見する惧れ。このようにこの歌は、憧れ、憎しみ、惧れといった、戀する女性の氣持ちの諸相を次々繰り廣げているようにみえる。

最後の部分は、夜の二人の世界が「雞鳴狗吠」「東方須臾高」の朝の到來によって、晝間の世界、戀の許されない世界に近づいていくこと、祕められた戀が世間に露見することの惧れを歌っている。「兄嫂」は二人の戀を許さない世間を代表しているのである。

このように讀むことが可能であるならば、この詩はアルバそのものとはいえないにしても、アルバと極めて近い所にある。というのは、アルバが夜明けの時間に設定されているのは單に實生活においてそれが別れの時刻であったことに歸せられるのではなく、夜明けが夜の時間と晝の時間との境界であり、夜は二人の戀の世界を、晝はそれを認めない世間を表わすもので、その二つの世界の相克、晝の世界に移行していくことへの惧れから發せられたのがアルバだからだ。「有所思」の歌が朝をそのような時としてとらえているのは、アルバと同じ基盤の上にあることを思わせる。

三　唐代のアルバ

六朝のアルバについては、敍述の都合上、後章にまわして、先に唐代のそれを瞥見しておくことにする。Waley はこの時期の例として、白居易の「花非花」と、それに續いて『花間集』から韋莊と孫光憲の詞を一首ずつ擧げている。

花非花(21)　　白居易（七七二―八四六）

花非花　　花なれども花に非ず
霧非霧　　霧なれども霧に非ず
夜半來　　夜半に來たり
天明去　　天明に去る
來如春夢幾多時　　來たるは春夢の如く幾多《いくばく》の時ぞ
去似朝雲無覓處　　去れば朝雲に似て覓《もと》むる處無し

「感傷」の部類に收められたこの詩は、明らかに男女の一晩の逢瀬と翌朝の別離とを歌っている。首二句はもちろん女性の隱喩であるが、肯定と否定を重ねる語法を用いることによって、語の指示する現實世界と隠喩が喚起する比喩的世界との間を往還し、その境界が曖昧にされる。そして對象の女性、更には一夜の情事までもが朦朧化されている。束の間の逢瀬はうつつか夢か不分明なままに、はかなく過ぎ去ってしまう。朝がきて別れなければならないといった、生活の場面での輪郭はぼかされ、それよりも情事そのもののはかなさを美化するのが、この詩の眼目であろう。

このテーマは、古く楚王と巫山の神女との交わりに淵源をもっている。『文選』巻一九、宋玉の「高唐賦」の序に、

昔者《むかし》先王嘗て高唐に遊び、怠りて晝寢ぬ。夢に一婦人を見る。曰く、妾は巫山の女也。高唐の客爲り。君の高唐に遊ぶを聞き、願わくは枕席を薦めん、と。玉因りて之を幸す。去りて辭して曰く、妾は巫山の陽、高丘の阻に在り。旦《あした》には朝雲と爲り、暮には行雨と爲る。朝朝暮暮、陽臺の下にあり、と。……

以來、「朝雲暮雨」は情事を意味する習用の故事となったが、夜明けとともに別れるというモチーフは稀薄であるものの、男女の相會と別離を語る、最もよく知られた例である。白居易の「花非花」は、この巫山神女の模糊とした形象を借りながら、そこに夜明けの別れを設定している爲に、Waley がアルバに入れているのであろう。なおこの「花非花」の詩題は、のちに詞牌として傳えられていく。

Waley は何百首かのこっている九、十世紀の詞の中に、アルバと稱しうる作品は二篇しかみつからなかったと述べて、次の例を擧げている。

江城子(22)　　韋莊（八三六—九一〇）

髻鬟狼籍黛眉長　　髻鬟は狼籍として黛眉は長し
出蘭房　　蘭房を出で
別檀郎　　檀郎に別る
角聲嗚咽　　角聲嗚咽し
星斗漸微茫　　星斗漸く微茫たり
露冷月殘人未起　　露冷やかに月殘して人未だ起きず
留不住　　留め住《ら》れず
淚千行　　淚千行

ゆいがみはくずれ、まゆずみのあと長く、蘭のねまを出で、いとしい方との別れ。むせぶ角笛、星影はしだいにうすれゆく。露がおり月がきえのこりまだ人の起きやらぬ頃。お引き留めもかなわず、ただ涙ばかり。

更漏子(23)　　孫光憲（九〇〇—六八）

今夜期　　今夜期するも
來日別　　來日は別る
相對只堪愁絕　　相對して只だ愁絕に堪えん

偎粉面
撚瑤簪
無言涙滿襟
銀箭落
霜華薄
墻外曉雞咿喔
聽咐囑
惡情悰
斷腸西復東

紛面に偎《ちか》づき
瑤簪を撚《ひ》ねる
言無く　涙　襟に滿つ
銀箭落ち
霜華薄し
墻外に曉雞　咿喔たり
咐囑するを聽き
情悰を惡《にく》む
斷腸する　西復た東

こよい會うも、あすは別れ。さしむかい、ただ忍びがたき憂愁。白い頬に寄り添い、かんざしに手をかけ、默ったまま涙が襟をぬらすのにまかせる。銀の箭《や》が落ちて夜は盡き、薄く敷きつめた霜の花。垣の外では雞が時を作る。ひそかな耳打ちをきくにつけても、心はいたむ。斷腸の思いを抱いて離れ離れに。

Waley の擧げた例は以上であるが（最後に二十世紀の歌謠をひとつ添えているが、本稿では唐代までを對象とするので、宋以降はひとまず除外する）、唐代のアルバを更に附け加えよう。

無題(24)

昨夜星辰昨夜風
畫樓西畔桂堂東
身無綵鳳雙飛翼
心有靈犀一點通
隔座送鉤春酒暖
分曹射覆蠟燈紅
嗟余聽鼓應官去
走馬蘭臺類轉蓬

李商隱（八一二—五八）

昨夜の星辰　昨夜の風
畫樓の西畔桂堂の東
身に綵鳳の雙飛の翼無きも
心に靈犀の一點通ずる有り
座を隔てて鉤を送れば春酒暖かく
曹を分かちて覆を射すれば蠟燈紅なり
嗟余《ああ》　鼓を聽きて官に應じて去り
馬を蘭臺に走らせて轉蓬に類す

無題(25)

含情春晼晚
暫見夜蘭干
樓響將登怯
簾烘欲過難
多羞釵上燕

李商隱

情を含みて春晼晚
暫く見るに夜蘭干
樓響きて將に登らんとして怯え
簾烘して過《よぎ》らんと欲して難し
多く釵上の燕に羞じ

眞愧鏡中鸞　眞に鏡中の鸞に愧ず
歸去横塘晩　歸り去る横塘の晩
華星送寶鞍　華星　寶鞍を送る

右の「無題」二首はいずれも、夜明け近い時間に女性のもとから去っていく男の悲哀を詠っているもので、きぬぎぬに相當しよう。夜から朝に移る時刻と、その時刻における男女の別れとを設定しているのは、確かにきぬぎぬの歌であるが、樣式化されたアルバとは趣きが甚だ異なっている。それはまず悲哀の内容が單に逢瀬の中斷を悲しむものではなく、逢瀬そのものの不本意な成就、ないし成就しなかったことへの、くすぶりつづける思いがあることによる。逢っていた時間そのものすら、苦い悔恨に浸されてしまうような、屈折した氣分に詩全體が包まれていることが、この戀愛詩を複雜な色合いに染めている。また樣式化されたアルバが不特定の男女の間で發生可能な感情であるのに對して、この詩では詩の中の語り手（作者と同定する必要はないし、ましてや作者の實體驗と思いこむのは、詩を讀むこととは別の穿鑿である）のみに生起した、特定の個人の抒情が歌われていることである。

六言三首之一 (26)　韓偓（八四四—九一四？）

秦樓處子傾城　秦樓の處子は傾城
金陵狎客多情　金陵の狎客は多情

朝雲暮雨會合　　朝雲暮雨に會合し
羅韈繡被逢迎　　羅韈繡被　逢迎す
華山梧桐相覆　　華山の梧桐　相覆い
蠻江荳蔻連生　　蠻江の荳蔻　連生す
幽歡不盡告別　　幽歡盡きずして別れを告げ
秋河悵望平明　　秋河悵望す　平明

唐末の韓偓は『韓内翰別集』と『香奩集』の二種の別集によって、忠臣のお手本のような人間像と豔冶風流な詩人との二面を分けもっているが、『香奩集』は李商隱の豔詩的側面を意識的に繼襲しつつも、もはや義山の抒情の質の高さは失なわれている。そこにはすでに豔麗なものに對する一種の美意識が共有される集團的な場が成立しているように思われ、ここに擧げた詩にも當時の花柳界が背後に控えているようにみえる。妓女と客との一夜の交歡、天の河がのこる未明の別れ。李商隱の朝の別れがすぐれて個人的な抒情を湛えていたのに對して、韓偓の歌うのは色街の甘美な情調である。別れのつらさよりも、物悲しさを帯びた情の雰圍氣が主題だ。

五更(27)　　韓偓

往年曾約鬱金牀　　往年曾て約す鬱金の牀

半夜潛身入洞房　半夜身を潛めて洞房に入る
懷裏不知金鈿落　懷裏知らず金鈿落つるを
暗中唯覺繡鞋香　暗中唯だ覺ゆ繡鞋香るを
此時欲別魂倶斷　此の時別れんと欲して魂倶に斷え
自後相逢眼更狂　自後　相逢わば眼は更に狂わん
光景旋消惆悵在　光景旋《たちま》ち消えて惆悵在り
一生贏得是凄涼　一生贏《か》ち得たるは是れ凄涼

題に「五更」というように、夜と晝の境界の時間における別れを戀のクライマックスとしてとらえている。ただ全體が追憶として、詩の前後でくくられているために、過去の情事を、そに悲痛を、一種審美的な目で眺める態度を生んでいる。戀の悲しみの情感が美的對象とされるのである。「六言」詩の「惆悵」、「五更」詩の「多情」は、そうした美意識のキーワードとして『香奩集』に頻見する。それは或る特殊な場で共有されていた心の樣式のようだ。

時代を溯って、中唐の元稹（七七九―八三一）に目を移してみよう。元稹の豔詩は、「百餘首」が元和七年（八一二）までの作を集めた二十卷本の最初の自編文集に、古體・今體に分けて收められたというが（元稹「詩に敍して樂天に寄する書」[28]）、その後、別集からはぶかれて、いわゆる唐人選唐詩の一種、晩唐風の豔麗な作品を中心に編まれた五代・韋縠の『才調集』の中に見ることができる。

曉將別(29)

風露曉淒淒
月下西牆西
行人帳中起
思婦枕前啼
屑屑命僮御
晨妝儼已齊
將去復攜手
日高方解攜

曉に將に別れんとす

風露　曉に淒淒たり
月は下る　西牆の西
行人　帳中に起き
思婦　枕前に啼く
屑屑として僮御に命じ
晨妝儼として已に齊《ととの》う
將に去らんとして復た手を攜え
日高くして方《はじ》めて攜うるを解く

旅に出る夫、家にのこる妻、その別れがたい想いを出立の朝に焦點を絞って歌ったもの。「月下」り、別れの朝が近付いてくるのを引き延ばしたくて「日高」くなるまで手と手を取りあっている、というのは、アルバに類似する設定ではあるけれども、この朝の到來は二人の戀を露見させる光の到來ではない。アルバにおいては、朝は單に別れの時刻を意味するだけでなく、二人の戀の夜の世界とそれを認めない晝の世界とのせめぎあう境界であり、そこに祕められた戀の位相が設定されていたのだが、ここではいわば公認された別れが歌われているのである。すなわち中國古典詩のジャンルとしてその場が用意されていた「閨怨」詩の、つまり寡居の女性の憂愁をテーマとする詩の、別れの場所そのものを歌った、ひとつのヴァリアントとみることができる。朝の別れというアルバのモチーフが、閨怨詩の形をとって用いられていることは、中國におけるアルバのあり方をみる上で、意味深い。

古決絶詞三首之三(30)

夜夜相抱眠
幽懷尚沉結
那堪一年事
長遣一宵說
但感久相思
何暇暫相悅
虹橋薄夜成
龍駕侵晨列
生憎野鵲性遲迴
死恨天雞識時節
曙色漸曈曨
華星次明滅

夜夜　相抱きて眠るも
幽懷尚お沉結す
那《なん》ぞ堪えん　一年の事
長く一宵をして說かしむるに
但だ久しく相思うに感じ
何ぞ暫く相悅ぶに暇あらん
虹橋　夜に薄《せま》りて成り
龍駕　晨を侵して列す
生《ひとえ》に憎む野鵲の性遲迴なるを
死《はなは》だ恨む天雞の時節を識るを
曙色漸く曈曨たり
華星　次ぎつぎ明滅す

一去又一年　一たび去らば又た一年
一年何可徹　一年何ぞ徹《おわ》るべけん
有此迢遞期　此の迢遞の期有るは
不如死生別　死生の別に如かず
天公隔是妬相憐　天公隔《すで》に是れ相憐れむを妬《ねた》めば
何不便教相決絕　何ぞ便《すなわ》ち相決絶せしめざらん

牽牛・織女の故事を歌う豔情の作であるが、「虹橋」の句以下、鵲が天の河を塡めて橋を作り、通行が可能になるというのに、その鵲がぐずでなかなか橋を作ってくれないのが憎たらしい、やっと一年に一度の逢瀬を果したと思ったら、雞が時を作るのが恨めしい、白々と夜は明けていき、星はかそけくなっていく、といったアルバの様相を呈する。「天雞」の語は、字義としては桃都山なる山の大木の上に住む、世界中の雞に先立って時を作る雞であるが、雞の詩的修辭を施されたものであって、朝の到來を告げる鳥を憎らしいというところにアルバの様式化がうかがわれる。後述するように、逢瀬の時を斷ち切る朝に對する忌避は、朝を告げる鳥への憎惡を生み、雞はしばしばアルバの中で戀人たちにとっての敵對者の役を負わされているのである。

元稹の傳奇「鶯鶯傳」[31]の中にも、夜明けの別れの描寫がある。主人公張生や讀者の豫想に反して、不意に寢所に忍び込んできた崔鶯鶯と、張生は一夜を共にする。そして、

有頃、寺鐘鳴、天将曉。紅娘促去。崔氏嬌啼宛轉、紅娘又捧之而去。

やがて、寺の鐘が鳴り、空は白んできた。紅娘は家に帰るようせきたてた。崔鶯鶯は泣いてだだをこねたが、紅娘がそれを支えるようにして帰っていった。

ここで目を引くのは、中國のアルバでは稀な、しかし西歐のアルバには鳥と同様しばしば登場する、見張り役のしもべが出てくることである。すなわち、二人の戀の取り持ち役でもあった侍女「紅娘」が、鶯鶯に歸還を促す役割をもって登場している。

この場面は、晩唐の詩人王渙（八五九—九〇一）にも歌われている。

惆悵詩十二首之一(32)

八蠶薄絮鴛鴦綺　　八蠶の薄絮　鴛鴦の綺
半夜佳期竝枕眠　　半夜の佳期　枕を竝べて眠る
鐘動紅娘喚歸去　　鐘動きて紅娘喚びて歸り去らしむ
對人勻涙拾金鈿　　人に對して涙を勻《ととの》え金鈿を拾う

「鶯鶯傳」の中に組み込まれた元稹の詩「會眞詩三十韻」の中にも、アルバに相當する部分がある。三十七句以後、別れの箇所を引けば、

方喜千年會　方に千年の會を喜ぶも
俄聞五夜窮　俄かに五夜の窮まるを聞く
留連時有限　留連するも時に限り有り
繾綣意難終　繾綣として意終《つ》き難し
慢臉含愁態　慢臉　愁態を含み
芳辭誓素衷　芳辭　素衷を誓う
贈環明運合　環を贈りて運の合わんことを明らかにし
留結表心同　結を留めて心の同じきを表わす
啼粉流清鏡　啼粉　清鏡に流れ
殘鑪遶暗蟲　殘鑪　暗蟲遶る
華光猶冉冉　華光猶お冉冉たるも
旭日漸曈曈　旭日漸く曈曈たり
……　……

名のある文人の作の中にこれだけまとまったアルバの例が見られることは稀なことだが、それがいずれも文集には收められずに傳わった作品であることに、留意しておきたい。

無名の詩人の例では、金昌緒の「春怨」がある。

打起黄鶯兒　黄鶯兒を打起して
莫教枝上啼　枝上に啼かしむること莫かれ
啼時驚妾夢　啼時《なけば》　妾が夢を驚かし
不得到遼西　遼西に到るを得ざらしめん

『唐詩三百首』や『唐詩選』に収められて、中國でも日本でもよく知られた五絶なのだが、詩の素性は必ずしも定かでない。『唐詩三百首』では金昌緒「春怨」と題し、『唐詩選』では無名氏「伊州歌」二首之二とする。兩書に詩句の異同はないが、宋・計有功『唐詩紀事』巻一五、金昌緒の條に「春怨」として引かれるのは「啼時」を「幾回」に作る。「幾回《いくたび》か妾が夢を驚かし、遼西に到るを得ず」。「啼時」の方が「打起」「黄鶯兒」などとともに、より俗語的であろう。金昌緒という作者の名を與えたにしても『唐詩紀事』巻一五・『全唐詩』巻七六八ともに「餘杭人」と記すのみで委細はわからず（『全唐詩』には更に「打起」に「一作卻起」と校記がある）、『唐詩紀事』の「顧陶取此詩爲唐詩類選」という注記によって、湮滅した唐人選唐詩の一種である顧陶の『唐詩類選』が宣宗の大中十年（八五六）の編である（顧陶「唐詩類選序」、『全唐文』巻七六五）ことから、それ以前の作と知るほか、手懸りはない。

この「春怨」詩は、内容の分類としては閨怨に屬することは明らかである。遼西の地へ從役した夫を慕う妻の歌なのだ。その閨怨の作をここに掲げたのは、夢を中斷するウグイスを追いはらうという發想が、アルバと酷似することに由る。朝を告げる鳥たちが戀を妨害する邪魔者として登場するのは、様々な文化圏のアルバの中に共通して様式化されている。Waley はそれを cock-motif と稱している。中國においても鳥たちがそういう役割を與えられていたことは後にも觸れるが、この詩はアルバにおいて常套化されたモチーフを閨怨詩に施しているのである。閨怨という、中國古典詩において定立しているジャンルの中に、定立しているアルバのモチーフが混入した例だ。

次の詩も出征兵士との別れの場を歌う閨怨のヴァリエーションでありながら、時を作る雞を遠ざけるというアルバのモチーフを用いている。

雞鳴曲(33)　李廓（元和十三年、八一八年、進士）

星稀月沒入五更　星稀に月沒して五更に入る
膠膠角角雞初鳴　膠膠角角　雞初めて鳴く
征人牽馬出門立　征人馬を牽きて門を出でて立ち
辭妾欲向安西行　妾に辭して安西に向って行かんと欲す
再鳴引頸簷頭下　再び鳴きて頸を引く簷頭の下
月中角聲催上馬　月中の角聲　馬に上るを催す
纔分地色第二鳴　纔《わず》かに地色を分つ　第二鳴
旌旆紅塵已出城　旌旆紅塵已に城を出づ

婦人上城亂招手　　婦人城に上りて亂《しき》りに手を招くも
夫壻不聞遙哭聲　　夫壻は聞かず　遙かに哭する聲
長恨雞鳴別時苦　　長えに雞鳴別時の苦を恨みて
不遣雞棲近窗戸　　雞棲をして窗戸に近づけしめず

唐代における cock-motif の典型的な例は『遊仙窟』の中に見ることができる。語り手＝主人公が十娘と一夜を共にしたあとの場面[34]、

誰知可憎病鵲、夜半驚人、薄媚狂雞、三更唱曉。
誰か知らん、憎む可き病鵲の、夜半に人を驚かし、薄媚なる狂雞の、三更に曉を唱うを。

そして男と十娘とは、それぞれ別れがたい思いを語り、詩をやりとりして悲しみを述べるのであるが、ここに登場している「病鵲」「狂雞」は、西欧のアルバにあらわれる鳥たちと酷似している。朝の別れの悲しみを主題とするアルバには、鳥がしばしば重要な脇役を擔う。夜明けの到來を空の白むより前に、眞先に傳えるのは、古今東西、鳥たちのさえずりである。朝とともに別れなければならない戀人たちにとって、鳥は逢瀬を中斷する戀の邪魔者にほかならない。それが文藝として形作られる時、二つの型の様式を生むようにみえる。ひとつは、憎らしい鳥たちを追い拂ったり、殺したりしてしまうこと。鳥を殺してでも夜明けを遲延させ、逢瀬の時を引き延ばそうという型。「三千世界の鳥を殺し主と朝寝がしてみたい」に至る系譜である。もうひとつは、憎らしい鳥たちは更に憎らしいことに、夜が明けもしない夜更けのうちから

もう鳴きだすようないじわるをするという型。鳥を憎む氣持ちが鳥の惡意を更に增幅させるのである。いずれの場合も、注意しなくてはならないのは、この大袈裟な發想が當事者たちの眞率な感情ではなく、文藝様式としての一般性を強く帶びていることだ。鳥を打ち殺して朝寢を貪りたいのも、鳥が夜中から朝だと鳴きさわぐのも、留連の情を強調するための、誇張された様式化なのである。

『遊仙窟』の中の「憎らしいいじわる鵲」「はすっぱなきちがい雞」は、後者に屬する鳥として、「夜半」「三更」のうちからうそ鳴きする。この「夜半」「三更」という時刻は、物語の進行の上で時刻を指示する意味を擔ってはいない。實際に「夜半」「三更」から鳴くのでなく、單に朝の到來、別れの時を知らせるにすぎず、舞臺はこれを機に別れの場面に轉換するのである。このことからも、夜更けから鳴きたてるいじわる鳥のモチーフが、すでに十分に習熟し、慣用化されていたことがわかる。『遊仙窟』においてこのように習用なものとしていじわる鳥のモチーフが用いられていることは、『遊仙窟』が屬するような通俗文藝のジャンルにおいては、常套化されていた様式であったことをうかがわせる。

四　鳥夜啼

(1)　六朝のアルバ

『遊仙窟』に類するような通俗文學の中に cock-motif の例を更に求めることは、通俗的な作品ほど時の經過の中で湮滅しやすいという制約のために、甚だむつかしい。しかし南朝の樂府の中に、cock-motif は見出すことができる。それは「樂府」として今日に傳えられることをえた、従って民間の歌謠の原型のままではないにしろ、民歌の趣きを或る程度にのこしているものであり、俗文學の様態が傳えられているためであろうと思われる。

まず Waley の擧例の中の、のこる三例から見ることにしよう。『樂府詩集』巻四六、清商曲辭・呉聲歌曲、すなわち東晉から宋にかけて建業を中心に起こった歌謠、いわゆる「呉歌」に屬する「讀曲歌」八十九首中の第五十五首、第六十三首、そして同巻四八、清商曲辭・西曲歌、すなわち呉歌よりやや遅れて宋齊梁にわたって江陵を中心に起こった歌謠、いわゆる「西曲」の中の、文人の手になる梁・徐陵（五〇七―八三）「烏棲曲」である。

讀曲歌　其五十五

打殺長鳴雞　　長鳴の雞を打ち殺し
彈去烏臼鳥　　烏臼鳥を彈去せん
願得連冥不復曙　　願わくは得ん　冥を連ねて復た曙けず
一年都一曉　　一年都《す》べて一曉なるを

「長鳴雞」（ながなき鳥）は打ち殺し、「烏臼鳥」（カラスに似て黒く、やや小型の鳥という）ははじきで落とせ。

朝を告げる鳥を追放するモチーフの典型である。そうすることによって、夜ばかりが續き、一年ひっくるめて夜明けはただの一回になりますように、という希求は、民間の戀の歌に特徴的な、思いきって大袈裟な表現である。たとえば漢の短簫鐃歌の一篇「上邪」[35]には、

上邪　　　　　上《てん》よ
我欲與君相知　我は君と相知り
長命無絶衰　　長えに絶え衰うること無からしめんと欲す
山無陵　　　　山に陵無く
江水爲竭　　　江水爲に竭《つ》き
冬雷震震　　　冬の雷　震震たりて
夏雨雪　　　　夏に雪雨《ふ》り
天地合　　　　天地合し
乃敢與君絶　　乃ち敢えて君と絶《わか》れん

高山が平らになり、長江が涸れる大地の變動、冬の雷・夏の雪の氣象の逆轉、天と地の合體——自然現象の起こりえぬことどもを次々積み重ねていって、そうなったら別れましょうというのは、永遠に共にありたい願望を強調する爲の大袈裟なレトリックである。

この、漢代の民歌に發すると思われる「上邪」とまるで同じ發想が、敦煌出土の民間歌謡の中にも見える。

菩薩蠻(36)

枕前發盡千般願
要休且待青山爛
水面上秤錘浮
直待黄河徹底枯
白日參辰現
北斗回南面
休卽未能休
且待三更見日頭

枕前に發し盡くす千般の願
休《や》めんとするも且《しばら》く待て　青山爛《くず》れ
水面の上に秤錘（はかりのおもり）浮くを
直《た》だ待て　黄河の底に徹《いた》るまで枯れ
白日に參辰現われ
北斗回りて南面するを
休むも卽ち未だ休む能わず
且く待て三更に日頭を見るを

ここでも、ありえない自然現象を疊み掛けるように連ねたあと、そうしたら別れてあげる、と別れたくない氣持ちを歌う。「菩薩蠻」はおそらく盛唐以降の作であるが、先の「上邪」と八百年餘の隔たりをおいて全く同じモチーフがあらわれている。兩者の間には影響とか模倣とかいった意識的な連續性があるのではなく、民間歌謡のレベルには共通の樣式がおのずと通底している、と理解したい。モチーフは異なるものの、日常論理を超越する大袈裟なレトリックに民間歌謡の様式化が向かうという點では、アルバのcock-motifにも通ずるところがある。

Waleyの擧げた第二は「讀曲歌」の第六十三首である。

百　憶　却　欲　噫　　百たび憶うも却て噫《なげ》かんと欲す
兩　眼　常　不　燥　　兩眼常に燥《かわ》かず
蕃　師　五　鼓　行　　蕃師　五鼓の行
離　儂　何　太　早　　儂《わらわ》を離るること何ぞ太《はなは》だ早き

百遍もあなたのことを思ってみても、でるのはためいきばかり。ふたつの目はいつも涙にぬれている。五更の見廻りが通る。この時、もうお歸りなんて早すぎる。

ここでは鳥のかわりに、「蕃師」、見廻り人の巡回が朝の到來を告げる役を果たしている。見廻りも西歐のアルバにおいては、朝を知らせる鳥や戀の見張り役とともに、逢瀬の終結を告知する役割をもつ登場人物として習用のものである(37)。

烏棲曲二首之二　　徐陵
繡　帳　羅　帷　隱　燈　燭　　繡帳　羅帷　燈燭を隱し

一夜千年猶不足　　一夜千年なるも猶お足らず
唯憎無頼汝南雞　　唯だ憎む　無頼の汝南の雞の
天河未落猶爭啼　　天河未だ落ちざるに猶お争いて啼くを

ベッドを圍む刺繡の垂れ絹、薄地のとばりはともしびの光を透かし、一晩が千年の長さでもなお足りない。憎らしいのはやくざな汝南の雞、天の河が沈まぬうちからもう鳴きたてている。

南朝宮體詩の旗手の手に成る樂府で、(38) いかにも豔麗な句でもって歌い起こされているが、ここでは鳥のもうひとつのモチーフ、夜中から鳴きだすいじわる鳥が使われている。これは民間樂府の様式がそのまま文人の作にあらわれた例である。

Waley は擧げていないが、陳後主（五五三―六〇四）の「烏棲曲」三首の三も、宮體詩風に洗練されたアルバである。(38)

合歡襦薰百和香　　合歡の襦は百和香を薰じ
牀中被織兩鴛鴦　　牀中の被は兩鴛鴦を織る
烏啼漢沒天應曙　　烏啼き漢沒して天應に曙くるべし
只持懷抱送郎去　　只だ懷抱を持して郎の去るを送る

合歡の肌着にたきしめた百和香の香り、ベッドのふすまに織りこんだつがいのおしどり模樣。烏が鳴き、天の河が沈み、空が白みかける時、ただ胸に思いを抱いたまま默ってあなたをお見送りする。

ここには「いじわる鳥」のモチーフはないが、「鳥が啼く」のが、「漢の沒する」のと同じく、夜明けの近づいた、すなわち別れの時刻のしるしとなっていることがわかる。

(2)「烏夜啼」

中國のアルバにも西歐のそれと同様に、朝を告げる鳥が夜の逢瀬をいとおしむ戀人たちから敵視され、鳥に對する憎惡が增幅されて、「鳥を打ち殺したい」という型と「いじわるな鳥が夜中から鳴きたてる」という型と二つのパターンが成立していることは、以上に見てきたとおりだが、この「いじわる鳥」のモチーフからすぐ聯想されるのは「烏夜啼」という樂府題である。字義に卽して讀めば「烏が夜に啼く」であって、雞とともに夜明けを知らせる鳥の代表である烏、それがまだ朝の來ない「夜」のうちから鳴きだす、というかのようである。樂府「烏夜啼」の古辭は、八首が『樂府詩集』巻四七、淸商曲辭・西曲歌に收められているが、その中の第四首は夜更けから鳴きだす烏をよみこんだもので、明らかに「いじわる鳥」のモチーフを含んだアルバとみなしうる。(39)

可憐烏臼鳥　　憐む可し　烏臼鳥

強言知天曙　　強いて言う　天の曙くるを知ると

無故三更啼　故無くして三更に啼き
歡子冒闇去　歡子　闇を冒して去る

どういうことなの、烏臼鳥《からす》のやつ。夜明けがわかるなんていいたてて。でたらめに三更《よなか》に鳴きだして、おかげであの人は暗闇をついて出ていってしまう。

この典型的なアルバは「烏夜啼」という樂府題の意味と歌の內容が合致している。少なくとも「烏夜啼」を「烏が（朝でなく）夜のうちに啼く」と解する限りにおいて、一致している。ところが、古辭八首の中でアルバと目することのできるのは、この一篇のみである。樂府題と曲辭とが一致しないのは珍らしいことではないが、「烏夜啼」樂府のいわれについて、どんな說明がされているのか、『樂府詩集』を見てみよう。

唐書樂志曰、烏夜啼者、宋臨川王義慶所作也。元嘉十七年、徙彭城王義康於豫章。義慶時爲江州、至鎭、相見而哭。文帝聞而怪之。徵還宅、大懼。伎妾夜聞烏夜啼聲、扣齋閤云、明日應有赦。其年更爲南兗州刺史、因此作歌。故其和云、夜夜望郎來、籠窗窗不開。今所傳歌辭、似非義慶本旨。

敎坊記曰、烏夜啼者、元嘉二十八年、彭城王義康有罪放逐、行次潯陽。江州刺史衡陽王義季、留連飮宴、歷旬不去。帝聞而怒、皆囚之。會稽公主、姉也。嘗與帝宴洽、中席起拜。帝未達其旨、躬止之。主流涕曰、車子歲暮、恐不爲陛下所容。車子、義康小字也。帝指蔣山曰、必無此、不爾、便負初寧陵。武帝葬於蔣山、故指先帝陵爲誓。因封餘酒寄義康、且曰、昨與會稽姉飮、樂、憶弟、故附所飮酒往。遂宥之。使未達潯陽、衡陽家人扣二王所囚院曰、昨夜烏夜啼、官當有赦。少頃、使至、二王得釋、故有此曲。

『唐書』樂志にいう、「烏夜啼」とは、宋の臨川王義慶の作ったものである。元嘉十七年、彭城王義康を豫章に配置替えした。義慶はその時江州刺史であったが、鎮に到着すると、會面して泣き合った。文帝はその事を耳にして疑惑を抱き、呼びだして家に歸らせようとしたので、(義慶は)ひどくおびえた。妓女が夜中に烏の夜鳴く聲を聞き、書齋の戸をたたいて言った、「あしたはきっとお赦しがありましょう」。(果たして)その年、南兗州刺史に轉封されたので、そこでこの歌を作った。だからその和聲に「夜夜　郎の來たるを望む、籠窗　窗開かず」という。今日傳わっている歌詞は、義慶の本來の内容とは違っているようだ。

『教坊記』にいう、「烏夜啼」というのは、元嘉二十八年、彭城王義康が罪を犯して放逐され、途中潯陽に泊まった時に、江州刺史であった衡陽王義季が、引きとめて飲み續け、十日を經てもそこを立たなかった。帝はそれを聞いて激怒し、二人とも收監した。會稽公主は、姉であるが、ある時帝となごやかに宴を開いている際、中座して立ち上がり拜禮を行なった。帝はその意味が理解できずに、自分からやめさせた。公主は涙を流していった、「車子は一生、陛下に許されることはないのでしょうね」。車子とは、義康の幼名である。帝は蔣山を指さしていった、「決してそんなことはない。そうでなければ、初寧陵を裏切ることになる」。武帝が蔣山(の初寧陵)に葬られていたので、先帝の陵を指さして誓いとしたのである。そこでのこった酒に封をして義康のもとへ送り、また「昨日、會稽の姉と酒を酌みかわして、樂しかったが、弟のことを思い出した。それ故、飲んでいた酒を届ける」と言葉を添え、彼を許した。使者が潯陽に到着するより前に、衡陽王の下女が二人の王の監禁されている部屋をたたいていった。「昨夜、烏が夜に鳴きました。お上からきっとお赦しが参ることでしょう」。しばらくして使者が到着し、二王は釋放されることができた。そのためにこの曲ができたのである。

郭茂倩の引いている「唐書樂志」は、『舊唐書』巻二九、音樂志の「烏夜啼」の部分であるが、その『舊唐書』の記述は、杜佑『通典』巻一四五、樂典、雜歌曲の中の「烏夜啼」に關する記述を、ほとんどそのまま用いたもので、兩者の間には話の内容に變更をもたらすほどの文字の異同はない(40)。

杜佑の『通典』は、開元末の劉秩『政典』三十五巻を基礎に、二百巻に擴充したものというが、樂典が何を據り所としたかわからない。その獻納(41)（徳宗・貞元十七年、八〇一）より早い時期の呉兢（六七〇—七四九）の『樂府古題要解』の「烏夜啼」に關する記述も、『通典』とほとんど變わらないのだが(42)、現行の『樂府古題要解』は元の頃の僞撰だとする説がある（『四庫全書總目提要』）。中津濱涉氏は宋代に引用されているのが『津逮祕書』本と一致することから、元人贋造説を駁したが(43)、それにしても「呉兢撰述の原形を忠實に留めているとは言えない(44)」ものである故、『通典』の粉本を『樂府古題要解』と速斷することは控えざるをえない。

一方、『教坊記』の方は、この箇處については『樂府詩集』に引かれているのが、今のこる『教坊記』の諸本の中で最も詳しく、任半塘氏の『教坊記箋訂』(45)でも、ここは『樂府詩集』をそのまま用いている。

郭茂倩は「烏夜啼」の由來を語る二つの異なる説をみて、兩者を併記したわけだが、『通典』（＝『舊唐書』）

と『敎坊記』との主な相違をまとめてみると、以下のようになる。

	『通典』	『敎坊記』
時	元嘉十七年	元嘉二十八年
作者	臨川王劉義慶	彭城王劉義康
共犯者	彭城王劉義康	衡陽王劉義季

說話の後半、女が夜中に烏の聲を聞き、それを吉兆として傳えたところ、果たして嫌疑が晴れて赦されたという部分は、兩者一致しているが、文帝から嫌疑をかけられた人物、及びその時期については、右のように違いがあるのである。

實際の歷史と照らし合わせてみると、『敎坊記』の方に「江州刺史衡陽王義季」とあるが、劉義季が江州刺史に任ぜられたという記錄はみあたらない。更に、『敎坊記』は元嘉二十八年のこととしているが、劉義季はそれより早く、元嘉二十四年にすでに死んでいるのである。[46]『敎坊記』にはこのように明らかに事實と相容れない點が指摘できる。『通典』の記述には個々の部分で齟齬するところはないかにみえるが、しかし劉義慶・劉義康らが結局文帝に許されたと說く結末は、史實とまるで逆である。では『通典』や『敎坊記』の傳える話は、歷史事實を無視した捏造であるかというと、史實と合わないからといって一蹴してしまうには忍びがたいところがある。固有名詞や年代の不整合、實際とはあべこべの結着にもかかわらず、そこにも歷史と歷史の中で翻弄された人々に對する深い洞察がこめられているかに思われるのである。

そのことを見るために、宋の文帝の時代の概況を、安田二郎氏「元嘉時代史への一つの試み――劉義康と劉劭の事件を手がかりに[47]――」から要約させていただく。

文帝の元嘉年間は三十年にもわたり、短命王朝の相繼いだ南朝の中にあって、異例に長い統治が保たれた。年號の持續は政局の安定を思わせるが、しかしその内部においては後の破局へ向かう要素をすでに含んでいたのである。すなわち宋王朝が傾いていく明帝の時期、その衰退を招いたのは明帝の行なった皇族誅殺であったが、その遠因は皇帝による皇族誅殺の前例がこの文帝の時にすでにあったことである。

では文帝の統治はどうであったのか。武帝を嗣いだ少帝が短期間で廢せられたのは、權臣の力によるものであり、少帝を嗣いだ文帝も權臣によって即位したのだが、それ故にこそ文帝は權臣の恐しさを――權臣を遠ざけて皇族を盛り立て樞要の地位に配置しなければならないことを、痛感していた。そうした文帝の方針に沿って擡頭してきたのが、文帝の次弟にあたる劉義康である。元嘉三年(四二六)、荊州刺史に取り立てられて、劉義康の政治家としての第一歩が始まる。元嘉六年には司徒・錄尙書事・南徐州刺史に任ぜられて中央政界に參畫し、元嘉九年、揚州刺史、十二年に太子太傅、十六年、大將軍領司徒と、劉義康の政治權力は急激にふくれあがっていった。これには生來の政治家としての資質、意欲が、しかるべき場を與えられて一氣に開花したためのみならず、劉義康が能力のある人士を家門にこだわらず登用したこと、そのために貴族制社會の中で埋もれていた寒門の英俊が彼のもとに蝟集し、そしてそのような寒門階級の集團がこぞって彼を支持したこと、が大きくあずかったという。

このように權力を擴大させていったことは、かえってその爲に、文帝との間に對立關係を生ずることになった。この兄弟間の對立は、それぞれを支持する階層間の對立をも伴なって、社會的な擴がりをもつ抗爭となり、劉義康派には文帝を廢して義康を立てようとする動きもあらわれた。

兩派の角逐がエスカレートしていく中で、文帝は元嘉十六年、大規模な配置替えを斷行する。強藩荊州にあった臨川王劉義慶を江州に移し、荊州を分割して勢いをそいだあとに末弟の衡陽王劉義季を移す。こうして皇族の力を抑えると同時に、文帝の第二子始興王劉濬、第三子武陵王劉駿を要地に任じて、皇族から實子へと力を移動したのである。

このような準備を整えた上で、文帝は元嘉十七年（四四〇）十月、クーデターを決起、劉湛を中心とする義康派を誅殺、廢徙し、義康は江州刺史に左遷して事實上の幽閉に處した。皇族の領袖であった義康の失墜を見た他の皇族たちは大きな衝擊を受け、この事變を機に政治的活動から韜晦して、江夏王劉義恭（武帝第四子）は奢侈生活に埋沒し、衡陽王劉義季（武帝第七子）は飲酒に沈湎していく。

義康が幽閉されたのちも、義康支持の動きは消滅せず、二度にわたって反亂が起こったが、結局元嘉二十八年（四五一）、文帝が義康を抹殺することによって完全に終結するに至った。

以上に節錄した安田氏の論考を通して、『通典』のいう元嘉十七年、『教坊記』のいう元嘉二十八年が、

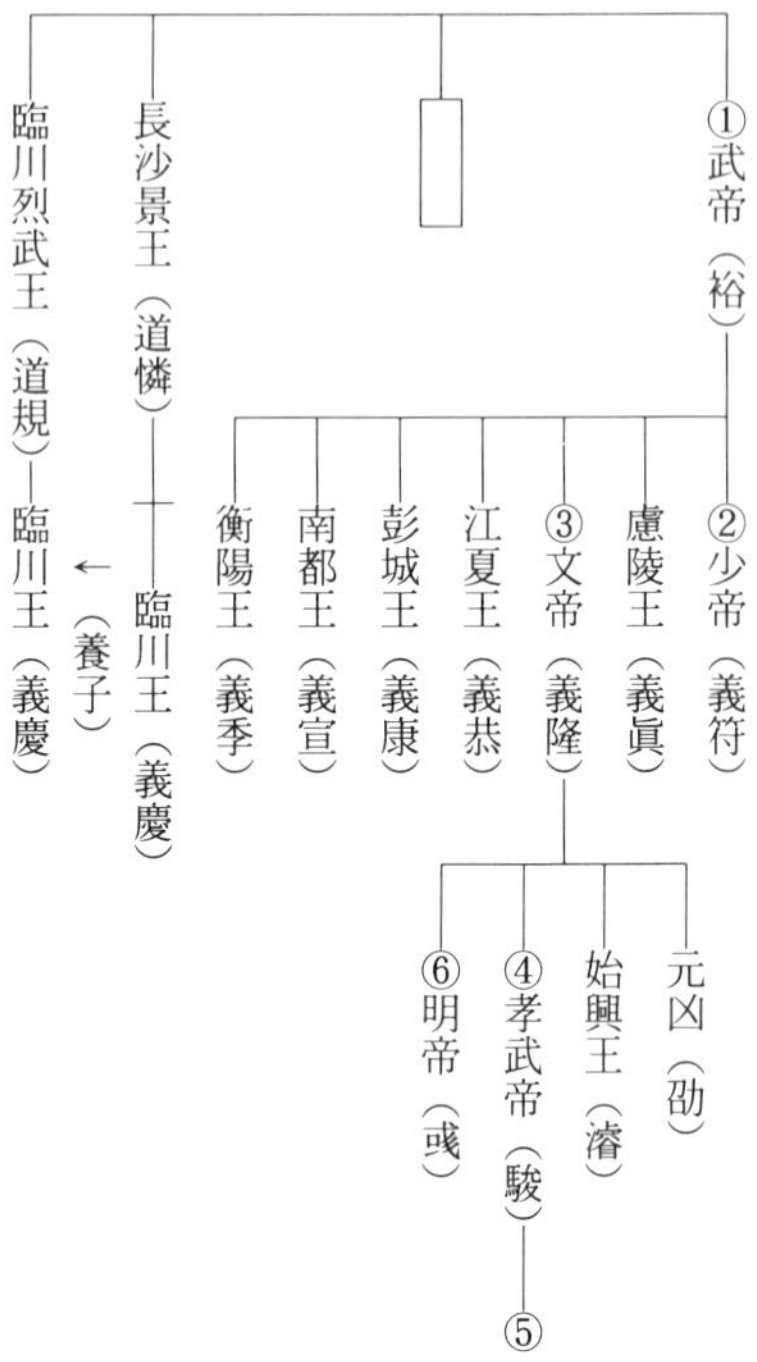

いずれも恣意的な、根拠のないものではなく、文帝の元嘉年間において大きな意味をもつ年號であることがわかった。すなわち、元嘉十七年は劉義康失墜の、元嘉二十八年はその誅殺の年であって、皇弟劉義康が滅亡に至る過程で、共に重大な節目に當たっていたのである。(48) そしてまた、劉義康を中心とする文帝の弟たちが、文帝から敵視された實態も浮かび上がり、説話に描き出されていた彼らのおびえも理解することができた。

とはいえ、おびえる皇弟たちが結局赦されたと話を運ぶ説話の展開が、史實と全く背馳することは確かだ。劉義康は元嘉十七年には一切の政權を剝奪され、元嘉二十八年には誅殺されたのだから。しかし、この事實との齟齬にこそ、語り手たちの不運な皇族に對する熱い思いが讀みとれるのではないか。實の兄の手によって非業の死を遂げた劉義康への同情が、この物語を生む動機となっているのであり、史實の忠實な追跡では抑制されてしまう人間的感情の放恣な生動をここにうかがうことができるのである。たとえば曹丕と曹植の適嗣繼承に關して、骨肉の爭いに敗れた才人曹植の方に人々の思いが集中して、「七歩の詩」

など一連の傳説を生んだのと同様の心理が、ここにも作用しているに違いない。
樂府の由來を劉義康に結びつけるのは、「烏夜啼」だけではない。呉歌の「讀曲歌」についての、『宋書』巻一九、樂志一の記述にも見える。

　讀曲歌者、民間爲彭城王義康所作也。其歌云、死罪劉領軍、誤殺劉第四、是也。

　「讀曲歌」というのは、民間では彭城王義康の作ったものとされている。その歌に「劉領軍を死罪にし、誤りて劉第四を殺す」というのが、それである。

「劉領軍」とは領軍将軍劉湛、すなわち劉義康を支持する一派の頭目である。彼は前述した元嘉十七年の政變で、投獄、誅殺された（『宋書』巻六九本傳）。「劉第四」について、蕭滌非氏『漢魏六朝樂府文學史』[49]は「即ち義康」といい、王運熙氏『六朝樂府與民歌』[50]でも「義康は行四」としてやはり劉義康のこととしているが、正確には劉義康は武帝の第五子である。「第四」にこだわれば江夏王劉義恭を指すことになるのだが、『宋書』が劉義康のつもりで歌辭を引いていることは、その前の記述からみてまちがいない。そしてこの短い記述の背後には、劉義康にまつわる悲劇があったであろうことは容易に推測できる。郭茂倩『樂府詩集』もそれをほのめかしているかのようだ。巻四六、「讀曲歌」の由來に上述の『宋書』樂志を引いたあと、續けて陳・釋智匠の『古今樂錄』の別の説を載せる。「讀曲歌なる者は、元嘉十七年、袁后崩じ、百官敢えて聲歌を作らず。或いは酒讌に因り、止《た》だ聲を竊《ひそ》めて曲を讀み細吟するのみ。此を以て名と爲す」。そして郭茂倩は「按ずるに義康の徙《うつ》さるるも、亦た是れ十七年なり」と、『宋書』の説も同じ年に起こったできごとであることを付け加え、元嘉十七年というのが劉義康失墜の時に當たることを示唆している。こうしてみると、沈約の『宋書』修撰の頃（『宋書』紀・傳七十卷は、南齊・永明六年、四八八、に完成され、そののち八志三十卷が書きつがれて、最終稿が定まったのは、梁の武帝即位の五〇二年以降という）[51]にはすでに、劉義康に對する人々の關心がその非運を語る說話を生んでいたように思われる。

樂府「烏夜啼」の成立に關する說話の登場人物や事件については、右のように宋・文帝のもとにおける皇族誅殺を背景としていることがわかったが、しかし登場人物やら年代やらはこの說話の表層にすぎない。說話そのものを成立せしめている結構は、女が夜に烏の鳴き聲を聞き、それを吉兆と判斷し、果たしてその通りになる、という後半の展開の方である。それが「烏夜啼」の題名の由來を說明しているわけであるし、その點に關しては『通典』も『教坊記』も一致しているのだ。この後半の展開から抽出することのできるのは、

一、豫兆を提示するものとして、烏が設定されていること。

二、烏が夜鳴くのは普通でないこと、異常なことと考えられていたこと。

三、その異常が、吉兆と判斷されたこと。

四、自然界の異常を察知し、それが人間界に對してもつ意味を解讀する能力をもっていたのは、當の皇弟たちではなく、「妓妾」（『通典』）あるいは「家人」（『教坊記』）という、性の上でも身分の上でも差別のしるしを負った、一種特殊な人間であったこと。

說話の後半部から引き出した以上の要素は、劉義康抹殺にからむこの說話だけに限られず、時代や人物の異なる別の說話の中にも認めることができる。そのことからも、この說話の後半の展開こそ、物語の根

幹をなす部分であることがわかる。たとえば『樂府詩集』巻六〇、琴曲歌辭の中の「烏夜啼引」についての記述。

李勉琴說曰、烏夜啼者、何晏之女所造也。初、晏繫獄、有二烏止於舍上。女曰、烏有喜聲。父必免。遂撰此操。

李勉の『琴說』にいう、「烏夜啼」というのは、何晏の娘が作ったものである。はじめ、何晏が獄中に繫留されていた折、二羽の烏が屋敷の上にとまった。娘は「烏がうれしそうな聲で鳴いているから、お父さんはきっと赦されるわ」といい、そこでこの曲を作った。

ここでは魏の何晏（?—二四九）に關する話にすりかわっている。何晏は魏王朝の權力鬪爭の渦中で曹爽の側につき、對立する司馬懿によって殺された、これまた非業の死を遂げた一人であるが、「獄に繫がる」この話がその刑死の歷史的事實を背景としていることは、劉義康の場合とよく似ている。豫兆の察知・判斷のあと、結果はどうなったのか、この斷片的な記述には記されていないものの、話の流れとして、豫兆が實現し無事釋放されたという結着が含まれているとみてよいであろうが、史實とは逆にハッピーエンドに歸結する點も、劉義康の說話と同様である。時代、登場人物という肉付けは異なっても、說話の骨格は共通しているのである。この說話から抽出できるのは、

一、豫兆を與えるのは烏である。

二、烏がふだんと違う聲、「喜聲」をあげる。

三、それを吉兆とよみとる。

四、よみとるのは娘である。

これを前の説話の要素と較べてみると、二の「夜啼く」ことと「喜聲」で鳴くこととが相違しているが、しかしどちらも鳥の鳴き方が常とは違うという點では同じだ。前者は鳴く時刻が常と異なり、後者は鳴き聲そのものが平常と違っている。四の吉兆と判斷する人間も「妓妾」「家人」と「女」とに分れるが、これも共通する點を求めれば、いずれの場合も女性だということだ。自然界の中に人間に意味をもつ徵候を察知する能力は、女性の方がめぐまれているらしい。日常の秩序ある世界を擔當するのが男性の方だとしたら、女性はそうでない世界、日常的な論理では收まりきらない世界に通行する能力を賦與されていた、といえるであろう。「妓妾」の場合より異人性の度合いは低いにしても、娘であることは、すなわち女性であることは、異界に通曉する人としての意味を帯びているように思われる。

どちらの話においても、豫兆をもたらすものとして鳥がでてくるが、これはここに擧げた二つの説話に限らず、しばしば見られることである。ことに鳥の一種である鵲（カササギ）は吉兆とよく結びつけられている。『初學記』（巻三〇）の引く『易統卦』に「鵲なる者は陽鳥なり。物に先んじて動き、事に先んじて應ず」と、その豫知の能力が記され、梁・蕭紀の「詠鵲」詩には、

欲避新枝滑　　新枝の滑るを避けんと欲し
還向故巣飛　　還た故巣に向いて飛ぶ
今朝聽聲喜　　今朝　聲の喜ぶを聽く

家信必應歸　家信必ず應に歸るべし

と、鵲の鳴き聲から吉兆をよみとっている。鵲はしばしば「喜鵲」と熟語化して用いられ、今日に至るまで一貫して緣起のよい鳥と中國人に意識されていることは周知の通りである。

しかし烏は凶兆になることもある。

徐干木年少時、嘗夢烏從天下、銜長斗繖樹其庭前。烏復上天銜繖下、凡樹三繖竟。烏大鳴、作惡聲而去。徐後果得疾、遂以惡終。

徐干木が若い頃、烏が空から舞いおりてくるのを夢に見たことがあった。柄の長い傘を口にくわえてその庭に立てた。烏はまた空にのぼり、傘をくわえておりてきた。全部で三本の傘を立ておわると、烏は大きく鳴き、いやな聲をだして去っていった。徐は果たしてそののち病いにかかり、ついに惡化して死んだ。

（『初學記』卷三〇所引劉義慶『世說』）

この話の烏は徐干木の病氣と死を豫告する凶兆であるが、しかし吉兆と凶兆とを截然と區別する必要はないのかも知れない。いずれの場合にしても未來を豫知するという、人知を超えた不可解な領域からの使者であることは同じなのだから。

烏がそういう能力をもつ鳥とみなされていたのは、それがごく身近な鳥でありながら、全身を黑一色に染めているという、何か異常な、非日常性を覺えさせることによるのであろうか。動物の形狀の由來を說明する話の中でも、烏の場合はきまってその「黑い」ことの理由が語られ、アポロの罪を受けて身を燒かれた爲という西歐の傳承を始めとして、全身の黑に注目されている。その姿の特殊さが豫知能力をもつ神祕性につながることは西歐でも同じであったようで「烏と大鴉は未來を知り、隱された事實を告げる力があると信じられている(52)」という。烏は鳥たちの中でもとりわけシンボリズムに富む鳥であったのである。

烏に對するこのような人々の傳統的な感性を下地として、それに歴史上の悲劇的人物、何晏や劉義慶にまつわる話が結びつき、先のような說話が生まれたものであろう。その場合の烏は、即座に吉兆と決めつけるよりも、これらの說話がいずれも投獄、死罪の惧れと結びついていることから、ちょうど－《マイナス》に－《マイナス》を掛けて＋《プラス》に轉ずるように、烏のもつ負的なイメージがつきまとうように思われる。

さてこれが樂府「烏夜啼」の起源と說明されているわけだが、この起源にそのまま合致する樂府古辭はのこされていない。烏の聲に赦免の前兆をよみとることを歌った樂府作品としては、『樂府詩集』卷六〇、琴曲歌辭「烏夜啼引」に載せる、唐の張籍の作がある。

烏夜啼引　　張籍

秦烏啼啞啞　　秦烏啼くこと啞啞
夜啼長安吏人家　　夜に長安吏人の家に啼く
吏人得罪囚在獄　　吏人罪を得て囚《とら》われて獄に在り
傾家賣產將自贖　　家を傾けて產を賣り將に自ら贖《あがな》わんとす
少婦起聽夜啼烏　　少婦起きて夜に啼く烏を聽く

知是官家有赦書　　知る是れ官家に赦書有るを
下牀心喜不重寐　　牀を下りて心喜び重ねて寐ねず
未明上堂賀舅姑　　未明に堂に上りて舅姑に賀す
少婦語啼烏　　少婦　啼烏に語る
汝啼愼勿虛　　汝啼くこと愼みて虛なる勿かれ
借汝庭樹作高巢　　汝に庭樹を借す　高巢を作れ
年年不令傷爾雛　　年年　爾が雛を傷わしめず

秦烏《からす》がカアカア鳴いている。夜、長安の役場勤めの男の家で鳴いている。男は罪を犯して獄中の身。家の全財産を賣り盡しても贖罪したい。嫁が起きあがって夜中に鳴いている烏の聲を聞き、「お上からお赦しがでるにちがいない」。床を離れ嬉しくてもう寝つかれない。夜の明けぬうちから堂に參上して舅姑にお祝いを述べた。嫁は鳴いている烏に語りかける。「うそ鳴きであっては駄目。（赦免されたら）お前に庭の木を貸してあげるから高い所に巢をお作り。そして毎年毎年、その巢で育てる雛を大切にしてあげましょう」。

この樂府も、その背後にひとつの物語が控えていることを豫想させる。烏が夜中に鳴く、そこに赦罪の豫兆を察知するのは女である、といった結構は先の二種類の說話と共通しているが、異なるのは、ここに登場しているのが歴史上に名を知られた人物ではなく、無名の市井人であることだ。のみならず、話の中心人物が罪を得てあとになって赦される人物から、留守を守って吉兆を察知する女性に變わっている。男は脇役にまわり、「少婦」の方に關心が集中しているのである。このヒロインは夫が收檻された留守を守って、舅・姑にけなげに仕える、賢く貞節な嫁として描き出され、そこには道德的、教訓的な色彩を帶びているかにみえる。すなわち、烏＝吉兆の骨格に肉付けされた事象が、判官びいき風の歴史物語から、家庭の模範的な嫁の故事に轉換しているのである。

親に孝、夫に貞である嫁の姿を反映してか、彼女に語りかけられている烏の方もまた、未來を豫知する烏から、烏のもつもうひとつの姿、孝行で慈愛豊かな烏に移行するかのようだ。『說文』に「烏は孝烏也」とあるように、いわゆる反哺の孝の慈烏も、中國の烏がもつ一面なのである。嫁から營巢の保障を與えられたこの烏は、樂府の中でも「烏生八九子」(『樂府詩集』卷二八)の烏に近い。

張籍が作品をのこしている「烏夜啼引」の樂府が、その時期、夫が投獄された留守を守る妻が烏に釋放のしるしを知る、という内容で傳えられていたことは、張籍と交わりのあった元稹の詩からもうかがうことができる。

聽庾及之彈烏夜啼引(53)　　庾及之の烏夜啼引を彈ずるを聽く

君彈烏夜啼　　君は烏夜啼を彈じ

我傳樂府解古題　　我は樂府を傳えて古題を解かん

良人在獄妻在閨　　良人獄に在りて妻は閨に在り

官家欲赦烏報妻
烏前再拝涙如雨
烏作哀聲妻暗語
後人寫出烏啼引
呉調哀弦聲楚楚
四五年前作拾遺
諫書不密丞相知
謫官詔下吏驅遣
身作囚拘妻在遠
歸來相見涙如珠
唯説閑宵長拝烏
君來到舎是烏力
妝點烏盤邀女巫
今君爲我千萬彈
烏啼啄啄涙瀾瀾
感君此曲有深意
昨日烏啼桐葉墜

官家赦さんと欲し烏は妻に報ず
烏前に再拝して　涙　雨の如し
烏は哀聲を作り妻は暗語す
後人寫し出だす烏啼引
呉調哀弦　聲楚楚たり
四五年前　拾遺作《た》りて
諫書密ならず丞相知る
謫官詔下りて吏驅《お》い遣《や》る
身は囚拘作《た》りて妻は遠くに在り
歸り來たりて相見れば　涙　珠の如し
唯だ説《い》う閑宵に長く烏に拝す
君來たりて舎に到るは是れ烏の力なり
烏盤を妝點して女巫を邀う
今君は我の爲に千萬彈ず
烏啼啄啄として涙瀾瀾
君が此の曲の深意有るに感ず
昨日烏啼きて桐葉墜つ

當時爲我賽烏人　當時我の爲に烏を賽《まつ》りし人は
死葬咸陽原上地　死して咸陽原上の地に葬らる

この詩の初めの部分で元稹が記している「烏夜啼引」の梗概は、張籍の「烏夜啼引」の輪郭とそのまま一致している。樂府の故事がこう傳えられていたことだけでなく、この詩は「拜烏」して無罪釋放を祈る習俗が當時實際に行なわれていたことも教えてくれる。詩の中ほどの部分、「四五年前拾遺作たり」し時、つまり元和元年（八〇六）、左拾遺に任ぜられたばかりの元稹は、權臣を非難する裴度らの意見を支持することを憲宗の前で表明し、それが時の宰相杜佑の怨みをかって、裴度とともに河南の地に左遷される。その折、元稹の妻韋叢は「拜烏」して釋放を願い、その靈驗あって歸還できたというのである。「烏夜啼引」の演奏を聞きながら胸に生ずる感慨を綴るこの詩は、その韋叢も今は亡き人になったと述べて結ばれている。

元稹の別の詩「大觜烏」[54]では、烏に二種類あって、くちばしの白いもの（白居易の「大觜烏に和す」[55]詩では、小さいもの）は孝行で慈愛に充ちるのに、くちばしの大きいものは、貪欲であり、それが人の吉凶を左右するとされて巫女と結びつき、様々な俗信で人心を攪亂している習俗を非難する。この詩は元和五年、江陵に流される途上で詠んだ十七首の一首で、白居易が以前とは格段の進歩があると激賞した（「和答詩十首序」[56]）作である。白居易の評價はそれが諷諭詩であることによるもので、詩のそうした性格のためにここでは専ら俗信を排撃しているが、そこに當時烏にまつわって色々な迷信が流行していたありさまを見て取ることができる。

さて以上に擧げてきた「烏夜啼」の起源を語る『通典』『教坊記』の宋の皇族にまつわる二つの說話、「烏夜啼引」の起源を說く何晏の說話、そして張籍「烏夜啼引」や元稹「聽庾及之彈烏夜啼引」詩が述べている內容は、人物・年代は異なるものの、繫獄→烏の豫兆→赦罪という結構を等しく備えている。

そしてこれら結構を共有する說話を記している文獻が、すべて八世紀の中頃から九世紀はじめにかけての時期に集中していることに氣付く。すなわち何晏の說話を語る『琴說』の撰者李勉が七一七―八八。『教坊記』の崔令欽が七六三頃の人。杜佑『通典』の成書が八〇一。「烏夜啼引」の作者張籍が七六八―八三〇頃。元稹の「聽庾及之彈烏夜啼引」詩の製作が八〇九か八一〇。そして『通典』と同じ內容を記している、先には保留しておいた『樂府古題要解』を加えてみても、その撰者の吳兢は六七〇―七四九。こうしてみると、少なくとも今見られる資料による限り、獄に繫がれた者が烏の異常な鳴き方を豫兆として釋放されるという說話は、すべて盛唐から中唐にかけての時期、ちょうど安史の亂（七五五）をはさんだ數十年間、長くみつもっても百年間足らずの時期に收まってしまうのである。その說話をもとにした樂府作品は、今日では張籍の作一首しか見ることができないが、この時期には更に多くの、同じような故事を語る樂府が作られていたことであろう。

樂府「烏夜啼」の由來を說く故事、及びそれと同じ結構をもつ說話をみてきたが、『通典』が「今傳わる所の歌辭は、義慶の本旨に非ざるに似る」と付記していたように、この本事は歌辭と一致しない。傳えられる本事と今のこる歌辭とが一致しないのは珍しいことではない。樂曲を伴なうというこの種の詩歌の性格に由るのであろう、樂府題は樂曲を指示する傾向を強め、歌の内容とは乖離していくのである。のちの「詞」がそうであるように、題と内容との關係は稀薄になってしまう。從って、樂府題の本來の意味が何であったかを離れて、樂府題は別のストーリーを生産することが可能になる。確かなことは、「烏夜啼」に宋の皇族の話を結びつけた人々にとって、「烏夜啼」は「烏が夜に啼く」と解されたことである。

「烏夜啼」を「烏が夜に啼く」と分節することができるのであれば、「烏夜啼」をアルバとするのもその讀み方から導かれるであろう。朝鳴くべき鳥がいじわるにも夜中から鳴くという、すでに見てきたように中國のアルバにも様式化されているアルバの一つの相に合致するのである。三章二節の冒頭に掲げた「烏夜啼」古辭は典型的なアルバであって、そのいじわる鳥のモチーフは、樂府題を「烏が夜に啼く」と讀むことによって題と結びついている。後の「烏夜啼」樂府が題から全く離れてしまっても、しばしば男女の別れの悲しみを歌う樂府と解されているのも、「烏夜啼」をアルバとした古辭のなごりであろうか。

このように樂府「烏夜啼」は、その樂府題を「烏が夜に啼く」と讀むことによって、二つの系統を生み出すことになった。ひとつは烏が未來を豫知するという傳承と結びついて、夜鳴く異常さが赦罪の前兆となる故事で、それにも人物・年代に様々なヴァリアントを生ずることになった。もうひとつは、アルバのいじわる鳥のモチーフと結びついた、きぬぎぬの歌であった。

この稿は、「烏夜啼」の始源を究明することを目的とするものではないが、臆測を付け加えれば、右の二系統のいずれも、後の派生したものであろうと思う。どちらも「烏夜啼」を「烏が（朝ではなく）夜更けのうちに鳴く」と讀んでいることが、字をみつめて意味を生んだような、あまりに分析的で理に落ちた解のように思われるからだ。

「烏が夜に啼く」が後代に派生したものとすれば「烏夜啼」の本義は何であったのか。

王運熙氏は、樂府の曲調の名稱はその樂府の和聲・送聲、すなわち樂曲としての調子を整え、盛り上げる爲に插入されたり、添加されたりすることば、に由來するものが多いとして、その例を列擧している。[58]「阿子歌」はその送聲の「阿子汝聞不」から、「歡聞歌」はその送聲の「歡聞不」から、「莫愁樂」はその和聲の「妾莫愁」から、[59]「襄陽樂」はその和聲「襄陽來夜樂」から、等々。そして「烏夜啼」も、『通典』に記されている和聲は「籠窗窗不開、烏夜啼、夜夜憶郎來」であった。

王運熙氏はまた、和聲・送聲に由來する樂曲の調名が、その本來の結びつきから離れて、別の意味を生み出していくことも指摘している。たとえば「子夜歌」はその和聲「子夜來」に由來するのに、のちに「晉に子夜という女性がいてこの歌を作った」云々の說が附會されていく。[60]「莫愁樂」はその和聲の中に「莫愁」の二字があることに由來するが、のちに「石城の樂妓、莫愁という者の歌」と變わっていく。だとしたら、「烏夜啼」ももともとはその和聲の中のことばであったものが、のちに「烏が夜啼く」と讀みかえられ、それが別の說話を生んでいったことも、十分に考えられる。

ただ、王運熙氏は「烏夜啼」については、それがどんな意味をもっていたのか、あるいは意味をもってはいなかったのか、說明していない。[61]思うに、「烏夜啼」はもともと意味のない、音聲に字をあてただけのことばだったのではないだろうか。その推測を導くのは、『宋書』卷二二樂志、宋の「鼓吹鐃歌詞」として載せられている「上邪曲」四解である。

㈠　大噶夜烏自云何來堂吾來聲烏奚姑悟姑尊盧聖子黃尊來餽清嬰烏白日爲隨來郭吾微令吾
㈡　應龍夜烏由道何來直子爲烏奚如悟姑尊盧雞子聽烏虎行爲來明吾微令吾
㈢　詩則夜烏道祿何來黑洛道烏奚悟如尊爾尊盧起黃華烏伯遼爲國日忠雨令吾
㈣　伯遼夜烏若國何來日忠雨烏奚如悟姑尊盧面道康尊錄龍永烏赫赫福胙夜音微令吾

これには沈約が「樂人　音聲を以て相傳う、訓詁　復た解く可からず」と附記しているように、傳承された聲音に漢字をあてただけで、沈約の頃すでに讀解不可能なものであったらしい。『樂府詩集』巻一九、鼓吹曲辭、宋鼓吹鐃歌の條では「凡そ古えの樂錄は、皆な大字は是れ辭、細字は是れ聲、聲辭合わせて寫す、故に然るを致せし爾《のみ》」と述べて、辭、すなわち歌詞そのものと、聲、すなわち意味はもたずに音調を整えるための文字とが、區別なく記錄されたためにこうなったのだという。

右の四解を竝べてみると、四解とも初めの部分に「夜烏」、中ほどに「烏奚如悟」ないしそれに近い文字、末尾に「微令吾」ないしそれに近い文字が共通してみられることがわかる。すなわち、この共通した箇處こそ「聲」にあたるのではないのであろうか。音聲を寫しただけで意味をもたない「聲」に「夜烏」の文字が用いられていたとするならば、「烏夜啼」樂府の和聲「烏夜啼」も、文字は轉倒しているものの、やはり「聲」を寫しただけの、意味は伴なわないことばだったのではないか。『樂府詩集』に引く『舊唐書』が『通典』を受け繼ぐ際に、和聲の中の「烏夜啼」三字を落としていることも、「烏夜啼」が意味をもたなかったという推測を助けるように思う。

以上をまとめてみると、もともと「烏夜啼」樂府は、その和聲の中の、音聲に字をあてた「烏夜啼」の語をその樂府題とした。それが「烏夜啼」の字をあてられることによって、字と字の連なりが意味をもちはじめ、「烏が夜に啼く」と讀まれるに至った。「烏が夜に啼く」ことから更に二つの方向にふくらんでいった。ひとつが夜中に鳴く烏の異常を前兆とみなす方向であり、それは劉義慶の説話をはじめ、具體的な人物や故事の肉付けをもたらした。もうひとつは、朝鳴くはずの烏が夜更けから鳴きたてて戀人たちの逢瀬を中斷するという、アルバの中に様式化されていたモチーフであった。

五　おわりに

中國の古典詩歌の中にみられるアルバの諸相を、『詩經』から唐代に至るまで通觀してきたが、Waley の擧げた例、更に追加した例にみられるとおり、中國にも他の文化圏と同様、アルバは存在していたことがわかった。のみならず、西歐のアルバと同じ様に、しばしば鳥が戀人たちに敵對して登場し、逢瀬を續けたいばかりに鳥を打ち殺したいという型、また鳥への憎しみからいじわるな鳥が夜中から鳴きたてるという型、そうした類型が形成されていることもわかった。

このようにアルバの様式化が、人間の様々な文化の中に共通してあらわれていることは、我々を驚かせる。

しかしながら、中國のアルバについては、ひとつの但し書きが必要であろう。すなわち本稿に擧げてきた例は、ほとんどが民間の歌謠、ないし民間の歌謠を摸擬した文人の作品に限定されていたことだ。『詩經』は中國古典詩の規範であるが、儒家の文學觀が形成され、それが文學の全體を支配するに至る以前に作られた、もともと民間の歌であった。樂府が民間の歌謠を文字化したものであることはいうまでもない。余冠英氏のいい方を借りれば、「『詩經』は本來漢以前の樂府であり、樂府はすなわち周以後の『詩經』である」のだ。(62) そして唐代の諸例の中でアルバとみなしうるのは、それ以外の作品がほとんど知られていないような群小詩人の作であって、名のある文人の作として擧げることのできた元稹の場合も、別集には收められず、『才調集』にみられる作品であった。李商隱のすぐれて個人的な、高い抒情性に昇華した戀愛詩は、もはやアルバの樣式を超えているし、韓偓の豔詩の背景にある集團的な美意識を共有する場は、民間のそれとは異質な、のちの「詞」に繼承されていくような集團性であった。

士大夫が擔う文學の正統においては、アルバは入りこむ餘地がなかったのである。士大夫の文學の中で許容されていた男女の情愛を歌う形式には、閨怨、悼亡、そして樂府程度しかなかった。その閨怨の中にアルバが變形して入りこんでいたのは、その間の事情をよく傳えている。

中國におけるアルバの立場を端的に示しているのは『遊仙窟』であろう。そこには典型的なアルバがあらわれていたが、周知の通り、『遊仙窟』は本國では早く亡んでしまった、卑俗な作品なのだ。たまたま日本に將來されることによって全容をみることができるにすぎず、こうした流俗の書においてアルバの典型的な樣式が確立していたことは、亡佚した無數の通俗文學の中には更に豐富にアルバが存在していたのではないかと思わせるに足りる。中國のアルバは、いわば裏の文學の中に息づいていたのである。

中國のアルバが日陰におかれていた境遇に關してもうひとつ示唆を與えるのは、アルバとかきぬぎぬとかに相當する漢語がみあたらないことだ。折あるごとに大陸、台灣、日本の漢學者に尋ね、中國人もアルバの何たるかはすぐ理解してくれたけれども、それを指すことばは思いつかないとのことであった。「後朝」の文字をもってするのは、日本のあて字であろう。確かに中國でも十分に成熟した様式化がみられるにもかかわらず、それを指す語彙がないとしたら、それはこの様式が表立った場で様式として認められていなかったことを意味しているのではないか。様式は存在しながら、様式としてこれまで意識されることのなかった中國のアルバは、その意味で西歐のアルバや日本のきぬぎぬと同列に論ずることはできないのである。

ことはおそらく、アルバだけに限られるものではない。中國古典文學は儒家理念のもとに體系化され、秩序づけられ、それが舊中國のほとんど全體をおおいつくしているようにみえるが、その地下には綱領やら理念やらにとらわれない、生き生きとした文學の水脈が清冽に流れつづけていたに違いない。それがたまたま地表にあらわれた折に、我々は伏流の存在を知るのである。ここではそのひとつの例としてアルバを取りあげ、他の國々と驚くほど似た形をそなえたアルバが中國にもあったことを見たにすぎない。

注

（1）A・モンタギュー、F・マトソン『愛としぐさの行動學――人間の絆――』（吉岡佳子譯、一九八二、海鳴社）五〇頁。

（2）前掲書五二―五三頁。

（3）角田忠信『日本人の脳』（一九七八、大修館書店）。
（4）A・V・フォイエルバッハ『カスパー・ハウザー』（中野善達・生和秀敏譯、一九七七、福村出版）八〇―八一頁。
（5）ロバート・ブレイン『友人たち／戀人たち』（木村洋二譯、一九八三、みすず書房）第Ⅱ章「女の夫と男の妻」。
（6）(Columbia University Press, 1972) p. 1
（7）(The Hague, 1965) p. 107―p. 113
（8）「詩譜序」疏に「案書傳所引之詩、見在者多、亡逸者少、則孔子所錄、不容十分去九、馬遷言古詩三千餘篇、未可信也」。
（9）『詩經國風』（『中國詩人選集』、一九五八、岩波書店）下、六〇頁。
（10）『詩經』（『中國の古典』、一九八一、學習研究社）上、二七六頁―二七八頁。
（11）同書三一一頁―三一三頁。
（12）同書三二〇頁―三二一頁。
（13）同書二九三頁―二九五頁。
（14）王運熙『六朝樂府與民歌』（一九五五）三一頁。
（15）高亨『詩經今注』（一九八〇）一二二頁。
（16）同書一二八頁。
（17）莊述祖『鐃歌句解』が二篇を男女の應酬とし、それをうけて聞一多『樂府詩集』（全集第四册、一〇八頁）はいずれも女子の辭とし、余冠英氏はそれを支持する。余冠英「説『有所思』和『上邪』」（『漢魏六朝詩歌鑑賞集』一九八五）參照。
（18）余冠英『漢魏六朝詩選』（一九七八再版、人民文學出版社）二六頁。

(19)（一九八四）六頁―九頁。
(20)潘重規氏『樂府詩粹箋』（一九六三）はそう讀んでいる。末句の注に「日出將曙、則又慮兄嫂當知之、承上省文也」という（一八頁）。
(21)顧學頡校點『白居易集』卷一二。
(22)李一氓校『花間集校』卷三。
(23)同書卷八。
(24)李商隱研究班「李義山七律集釋稿(一)」（『東方學報』第五十三册、一九八一）六一三頁參照。
(25)同六三七頁參照。
(26)『全唐詩』卷六八三。
(27)同。
(28)「敍詩寄樂天書」（冀勤點校『元稹集』、一九八二、卷三〇）。
(29)『才調集』卷五。
(30)同。
(31)『元稹集』外集卷六、補遺六。
(32)『才調集』卷七。
(33)同卷一。
(34)汪辟疆『唐人小說』（一九七八版）三一頁。
(35)『樂府詩集』卷一六。
(36)任二北校『敦煌曲校錄』（一九五五）三四頁。
(37)Saville 前揭書第三章 "The Watchman and the Lady"（p. 113—p. 177）參照。

(38)『樂府詩集』巻四八。

(39)「烏夜啼」古辭八首の全體、またはその後の展開について論じたものに齊藤功氏「『烏夜啼』變遷考」(『學林』第一號、一九八三)がある。

(40)『通典』の記載は以下の通り。

烏夜啼、宋臨川王義慶所作也。元嘉十七年、(從)〔徙〕彭城王義康於章郡。義慶時爲江州。至鎭、相見而哭。爲文帝所怪、徵還。義慶大懼。伎妾聞烏夜啼聲、叩齋閤云、明日應有赦。其年更爲兗州刺史。因作此歌。故其和云、籠窗窗不開、烏夜啼、夜夜憶郎來。今所傳歌、似非義慶本旨。(「從」は明らかに誤刻と思われ、「徙」に改めた)

(41)『舊唐書』巻一四七、杜佑傳に「初開元末、劉秩採經史百家之言、取周禮六官所職、撰分門書三十五卷、號曰政典。……佑得其書、尋味厥旨、以爲條目未盡、因而廣之、加以開元禮樂、書成二百卷、號曰通典。貞元十七年、自淮南使人詣闕獻之」とある。

(42)津逮祕書本『樂府古題要解』巻上「烏夜啼」の記載は以下の通り。

右宋臨川王義慶造也。宋元嘉中、徙彭城王義康於豫章郡。義慶時爲江州。相見而哭。文帝聞而怪之、徵還宅。義慶大懼。妓妾聞烏夜啼。叩齋閤云、明日應有赦。及日、改南兗州刺史。因作此歌。故其和云、籠窗窗不開、夜夜望郎來。亦有烏栖曲。不知與此同否。

(43)「吳兢の『樂府古題要解』について」(『日本中國學會報』第二十三集、一九七一)。

(44)同八九頁。

(45)(一九六二)一七八頁。

(46)『宋書』巻六一、衡陽文王義季傳。『教坊記』の記述が史實と合わないことについては、すでに藤井守氏「烏夜啼の成立とその傳唱」(『支那學研究』二九、一九六三)に指摘されている。

(47) (名古屋大學『東洋史研究報告』2、一九七三)。
(48) 元嘉二十八年については、藤井氏前掲論文も劉義康の死と結びつけている。
(49) (一九八四版) 二二二頁。
(50) 八七頁。
(51) 中華書局標點本『宋書』(一九七四)「出版說明」による。
(52) M・L・フォン・フランツ『おとぎ話における影』(氏原寛譯、一九八一、人文書院) 七五頁。
(53) 『元稹集』巻九。
(54) 同巻一。
(55) 『白居易集』巻二。
(56) 同。
(57) 王運熙氏前掲書一一八頁に「烏夜啼係敍述男女生離的哀歌」という。またたとえば『李白詩選』(一九七七) などにも「烏夜啼是樂府西曲歌名、內容多寫男女分離的痛苦」と説明されている (五三頁)。
(58) 王運熙氏前掲書一〇九頁。
(59) 同九六頁。
(60) 同五七頁。
(61) 王運熙氏とは別に、藤井守氏も「烏夜啼」の名稱を和聲に由來すると考えられているが (前掲論文)、そこに「烏夜啼く」と訓讀されているのは、意味をもつことばとみなされたものであろうか。
(62) 『樂府詩選』(一九五三版) 前言。

附記　注 (7) に記した Hatto の書 “EOS” は、沓掛良彦氏 (比較文學) に教えられ、その中國の部分を讀むことができた。そもそも本稿の契機となったのは、沓掛氏から中國のアルバについて下問を受け、併せて西歐のアルバに關して教えていただいたことによる。

『通典』『教坊記』の記している元嘉十七年、二十八年の年號が特別な意味をもっていることに氣付いたのは、安田二郎氏（東洋史）の論文（注（47））を通してであった。また高田康成氏（英文學）はアルバに關する最近の研究書としてSavilleの著作（注（6））を教示された。このように專攻を異にする方々との語らいの中から拙稿が形をとっていったことを、深い謝意をこめて記させていただく。

うたげのうた

一　建安の公讌詩

(1) 公讌詩の「景」

「詩は志を言う」（『尚書』舜典）、「詩とは志の之く所なり」（「毛詩大序」）——中國では人は内面がことばとして外在化したものを詩とみなしたのに對して、西洋の詩學では詩とはミーメーシス（mimēsis）、すなわち外界をことばによって寫し出したものと考えられた（アリストテレス『詩學』）。中國の傳統的な用語を借りれば、心情の表出は「情」、外界の描寫は「景」にあたる。詩の發生に關する初期の言述の中で、中國では「情」を、西洋では「景」を掲げたという對比が浮かび上がるが[1]、しかし實際には詩が「景」「情」どちらか一方だけに偏ることはありえず、中國の後代の詩論が「景情融合」を理想としたように、「景」と「情」とが分かちがたく結びついてこそ初めて詩たりうる、というよりも、詩を「景」か「情」かのいずれかに決めつけることはそもそもできない。

中國古典詩においては、「景」はまず「比興」として詩の中にあらわれた。すなわち外界の描出は外界を描くこと自體を目的とするのでなく、詩全體が表現したい中心となる事柄、人間にまつわる事態、それを傳えるための手段として用いられたのである。外界、その中でも自然の景物が他の何かをいうためでなく、景物の描寫そのものを目的として描かれるようになるのは、建安の公讌詩から始まるとふつう考えられている。たとえば南宋・范晞文『對牀夜語』は曹植の「公讌詩」について「之を讀めば猶お其の景を想見するごときなり」という。(2) 書かれている光景が讀み手の目の前に浮かんでくるようにありありと再現されている――これは宋代の詩學の求めた二つの面、『六一詩話』が記す梅堯臣のよく知られたことばにいう「必ず能く寫しがたきの景を狀して、目の前に在るが如くす」と「盡きざるの意を含みて、言外に見《あら》わす」、その前者に相當する外界の忠實な再現を、曹植の詩が達成していることを評價するのである。『對牀夜語』では續いて劉楨、王粲の「公讌詩」も擧げて、「皆な直ちに其の事を寫す。今人　力を畢《つ》くし思いを竭《つく》すと雖も、到る能わざるなり」と、建安の公讌詩が外界をみごとに寫し取っていることに賞贊を重ねている。(3)

最近では葛曉音氏が建安の公讌詩こそ山水詩形成の始まりであるとして、次のように述べている。「建安の公讌詩は、自然の景物を審美の對象として歌った最も早い詩編である」、「景物を寫す性格が比興言志から觀賞暢情へ轉換したことは、山水詩の形成過程における重要な契機である」(4)。すなわち、『詩經』『楚辭』においては景物はそれとは別のことを傳えるための手段として使われていたのが、建安の公讌詩に至ると景物そのものを觀賞したり、そこから快い感情を得たりするものとして、つまりは景物自體が表現の目的として詩に登場するに至ったというのである。

初めて特定の個人の手によって書かれ始めた建安の詩は、これを中國古典詩の始まりといってもよいほどに、後世の詩が備えるに至る詩としての特徴が様々な面において最初に認められるものであるから、「景」の自立に關しても建安を嚆矢とすることは、いかにももっともと思われるのだが、ここでもう一度、公讌詩の「景」を検討してみよう。

『文選』巻二〇「公讌」の部類は、曹植の「公讌詩」から始まる。「公讌」という詩題はこの建安の時期に集中して見られたあとは消えてしまい、『文選』が「公讌」の部類を立てるほかは、のちに繼承されることがなかったのはなぜか、[5] そもそも「公讌」とはふつういわれるように公卿の主催する宴會という意味でよいのか、[6] まだ十分に納得できないところものこるが、とりあえず曹植の詩を見よう。

1　公子敬愛客　　公子　客を敬愛し
2　終宴不知疲　　宴を終うるまで疲れを知らず
3　清夜遊西園　　清夜　西園に遊び
4　飛蓋相追隨　　飛蓋　相追隨す
5　明月澄清景　　明月　清景澄み
6　列宿正參差　　列宿　正に參差たり
7　秋蘭被長坂　　秋蘭　長坂を被《おお》い
8　朱華冒綠池　　朱華　綠池を冒《おお》う
9　潛魚躍清波　　潛魚は清波に躍り

10 好鳥鳴高枝　好鳥は高枝に鳴く
11 神飇接丹轂　神飇　丹轂に接し
12 輕輦隨風移　輕輦　風に隨いて移る
13 飄颻放志意　飄颻として志意を放ち
14 千秋長若斯　千秋も長えに斯《か》くの若くあれ

冒頭の二句、公子は賓客をうやまい、うたげの果てるまで疲れも知らずにもてなしに努める、というのは、同じく『文選』の「公讌」に收められている應瑒の「五官中郎將の建章臺の集いに侍す」詩の中ほどにも「公子　客を敬愛し、樂しみ飲みて疲れを知らず」と、ほとんど同じかたちで見える。應瑒が「五官中郎將」、すなわち曹丕を「公子」と稱していることから、曹植の詩の「公子」も曹丕を指しているとみてよいだろう。[7] 類似の表現が重出することは、この句が招かれた客から主催者の接客ぶりを讚え、招待を感謝する儀禮的な慣用句として定着していたことを思わせる。ここからすでに主人—客人という關係がこの場を支配していることが分かる。

續く三・四句で「西園」において園遊會が催されたことが說明されたあと、五句目から敍景に入る。明月はさやかな光が澄み映えて、空に居竝ぶ星たちはあちこちで瞬いている。敍景は月と星の輝く夜空という、全體的な廣い景觀から始められる。月と星といえば、すぐ間近に曹操の「短歌行」のよく知られた句、「月明らかにして星稀れなり、烏雀南へ飛ぶ」がある。曹丕の「芙蓉池の作」（後出）では曹操より微細に、輝く月・星とそれを取り巻く雲とが作り出す光の變容を捉えているが、曹植のこの句では雲はなく、月はひたすらその清澄な光を注ぎ、星はその光を受けて參差——明るい星やほのかな星が入り交じっている、或いはまた一つの星自體も明るくなったり暗くなったりちらちら瞬いている。その兩方を含めて、星が點滅している光景を唱う。この句がそうした夜空の描寫以外の意味を含んでいるのかどうか、少なくともこの二句だけを見るかぎり、別の意味は卽座に讀みとれない。

續く七・八句は地上の景物を寫す。秋蘭の花が長いスロープを覆い盡し、（はすの）赤い花（李善注に「朱華は芙蓉なり」）が綠の池一面を埋めている。「蘭」は『楚辭』以來、德高い人のシンボルであることは周知のとおりだが、しかしここではそうした寓意性は少なくとも直接にはあらわれていず、一面に咲き誇る蘭を捉えた敍景であると見てさしつかえないかに思われる。

池の水面を彩る蓮の花を赤と綠の補色關係で鮮やかに描いたあと、池の魚、木の鳥という園林の中の生き物へ敍景が移る。水の中の魚は淸らかな波間に飛び跳ね、きれいな小鳥は高い枝からさえずる。魚も鳥もそれらのもちまえにふさわしい自在で活潑な行動をしている。「魚」が「躍」するのは、『詩經』「大雅」・「旱麓」の、

鳶飛戾天　　鳶は飛びて天に戾《いた》り
魚躍于淵　　魚は淵に躍る

の句に結びつく。この二句は『禮記』「中庸」にも引かれているもので、「詩に云う、鳶は飛びて天に戾り、魚は淵に躍る、と。其の上下察《あき》らかなるを言うなり」。その鄭玄の注には「言うこころは聖人の德、天に至

れば則ち鳶飛びて天に戻《いた》り、地に至れば則ち魚は淵に躍る。是れ其の天地に著明なるなり」。聖人の徳が上にも下にも廣く行き渡っているあらわれとして魚が飛躍し鳥が飛翔するのである。これは王先謙『詩三家義集疏』が指摘するように、(8) 鄭箋の解釋とは異なるもので、續く二句、

豈 弟 君 子　　豈弟たる君子
遐 不 作 人　　遐《なん》ぞ人と作らざる

についても、鄭箋は「遐は遠也」と訓じているが、王先謙の引く『潛夫論』德化篇に見えるこの章が「胡不作人」に作っているのに從えば、君子の德が鳥や魚にまで及び、ましてや人を感化しないわけはない、という意味になる。(9) 加納喜光氏は「遐ぞ人と作らざる」を大雅「棫樸」にも見える「人として在り續けるようにと祈り祝福する」定型句としたうえで、「旱麓」の篇全體を饗宴の歌であると説明している。(10) 鳶や魚の喜ばしげな動きは、饗宴の場で君子をことほぐのに連續しているのである。建安の文人が用いる『詩經』が毛詩では通ぜず、齊詩、魯詩、韓詩などに依るべき場合があることは、伊藤正文氏が逐一指摘している(11)が、曹植の「潛魚躍清波」の句も毛詩に縛られずに讀めば、この宴席の喜ばしげな雰圍氣を盛り立て、「君子」すなわち主催者の曹丕の稱揚へ續くものと解することができる。

では「好鳥　高枝に鳴く」の句はどうか。大雅「旱麓」では「鳶飛戻天」が對になっていたが、より直接に「鳥」が「鳴」くのは小雅「伐木」の「伐木丁丁たり、鳥鳴くこと嚶嚶たり」と響き合う。毛詩の小序では「朋友故舊を燕するなり」、やはり饗宴の詩である。詩は鳥が仲間を求めてさえずるように、人も友を求めるものだ、と展開していく。そして魚も鳥も自在な行動をしうる動物としてのちの時代にもしばし

ば對になるものであり、魚や鳥が本來の幸福な狀態にあることがこの饗宴の雰圍氣を用意する。すなわち鳥や魚はたまたまそこに實在した小動物として敍景の一部を形成しているのではなく、うたげの祝祭的な雰圍氣を作り出すのにふさわしいものとして配置されているのである。ここまでは外界の景物を描寫しているという以上の意味を汲み取れなかった詩も、この二句に至ると饗宴の舞臺裝置の役割を帶びていることが明らかになる。

さらに次の二句、不思議な風が朱塗りの車に吹き寄せ、輕やかな車が風の吹くままに動きまわる。「神飈」の基づくところを文獻によって證することはできないが、魚、鳥の句の流れから推し量れば、ここにあらわれた風は天がこの饗宴を祝福するために吹き寄せたものではないだろうか。風は風雨となって人に苦難を與えるものでもあるが、また快さを與えるものともなる。その風に包まれて自在に、まるで空中を浮遊するかのように輕やかに車は動きまわり、快い運動感に身を委ねる。その車の動きに連動して、心も風とともに自由な、開放された狀態に達する。「風が大空に舞い上がるように私は思いきり心を解き放つ。千年も萬年も永遠にこのようでありますように」。まわりの自然の祝福にくるまれて、人の精神も解放され、この至福の狀態が永遠に持續してほしいという希求で詩は結ばれている。何焯『義門讀書記』卷四六が「結は讌に到り、亦た頌を以て之を終う」と記しているように、末句はうたげのもたらす陶醉感に浸っている狀態をいうことによって饗宴を讚えている。このように詩の流れを追って全體を見れば、敍景は景物そのものを目的として描かれるというより、最後の高揚した狀態を導くために周到に配置されているかに思われてくる。

建安の公讌詩からもう一首、劉楨の「公讌」（『文選』巻二〇）を取り上げてみよう。

1　永日行遊戲　　永日　行きて遊戲し
2　懽樂猶未央　　懽樂　猶お未だ央《つ》きず
3　遺思在玄夜　　遺思　玄夜に在りて
4　相與復翺翔　　相與に復た翺翔す
5　輦車飛素蓋　　輦車　素蓋を飛ばし
6　從者盈路傍　　從者　路傍に盈つ
7　月出照園中　　月出でて園中を照らし
8　珍木鬱蒼蒼　　珍木　鬱として蒼蒼たり
9　清川過石渠　　清川は石渠を過ぎ
10　流波爲魚防　　流波は魚防を爲る
11　芙蓉散其華　　芙蓉　其の華を散らし
12　菡萏溢金塘　　菡萏　金塘に溢る
13　靈鳥宿水裔　　靈鳥　水裔に宿り
14　仁獸遊飛梁　　仁獸　飛梁に遊ぶ
15　華館寄流波　　華館　流波を寄せ

16　豁達來風涼　　豁達として風涼を來たす
17　生平未始聞　　生平　未だ始めより聞かず
18　歌之安能詳　　之を歌うも安ぞ能く詳らかにせん
19　投翰長歎息　　翰を投げて長歎息す
20　綺麗不可忘　　綺麗　忘るべからず

ひがな一日外で遊んでも、樂しみはまだ終わらない。遊び足りない思いが夜までのこり、仲間たちとまた鳥のように輕やかに飛びまわる。手押し車がその白い屋根を飛ばし、供まわりの者たちが道の脇にあふれる。——このように遊興の狀況を説明したあと、第七句目から敍景に入る。

月がのぼってその光が庭園の中に射し込み、めずらかな樹木が青黒く鬱蒼としている。——庭園の光景がここでは時間の經過の中で織りなす光と闇の變化として捉えられている。月が庭を照らしだすことによって、光と影とが際立つ。黒々と影を成すのは「珍木」。張衡が宮中の庭園を描き出して「奇樹珍果」といったように（「東京賦」）、日常的なありふれた木ではない。曹植の「公讌詩」には「好鳥」の語があったが、のちに李白は「好鳥」と「珍木」を組み合わせてやはり宴にふさわしい光景を「好鳥　珍木に集まり、高才　華堂に列す」と唱っている（「敍舊贈江陽宰陸調」詩）。

清らかな川の水が石作りの水路を流れ過ぎていき、そこが波だって魚が逃げるのをくい止めている。はすはその花瓣を散り落とし、落ちた花びらが黄金の池に溢れるばかり一面に敷き詰めている。神祕の鳥が水際に宿り、仁獸が高くそびえる橋に遊ぶ。——仁獸は語義としては麒麟をいう（『公羊傳』哀公十四年に「麒麟なるものは仁獸なり」）。靈鳥・仁獸ということによって、敍景の卽物性を離れて、現實を超えた世界が現出する。靈鳥、仁獸が周圍に集うことはこの場を祝福する道具立てにほかならない。李善が「美名を假りて以て之を言う」と注しているのは、靈鳥、仁獸が單なる「美名」であって、詩句が指示しているものは現實の鳥であり獸であると注意しているのだが、李善がわざわざそういう注を記していることは、すでに靈鳥、仁獸をそのままの意味でとって文脈を理解することができず、合理的解釋を補足せざるをえなくなっていたことを示している。詩の作られた現實の場を說明すればそうなるだろうが、詩を現實に還元する必要はなく、ことばが直接意味しているとおりに靈鳥、仁獸がそこに群れ集うと理解すれば、それはたとえば『尙書』舜典に夔が音樂を奏すると「百獸率舞」するのと同じように、鳥獸までが人の喜びに合わせて謳歌するような至福の狀況が喚起されることになる。

美しい館に波が押し寄せ、からりと開けて涼しい風がやってくる。水と風はいずれも涼をよぶ快いもの。次に引く王粲の「公讌詩」にも「涼風　蒸暑を撤し、淸雲　炎暉を却く」とあるなど、建安の詩には暑さが過ぎて涼しくなる時節が人を快適にさせるものとして設定されているのが目立つ。

最後の四句は饗宴を頌して詩を結ぶ。このうたげのすばらしさはふだん聞いたこともないもの、歌っても詳しく述べ立てることはできない。筆を投げ捨てて長いため息をつくばかり。この美しさ、忘れることはできない。今まで聞いたこともないというのは、そのすばらしさを言うには違いないが、それはまたこの饗宴の非日常性を語るものでもある。それを一つ一つことばに置き換えようとしても、自分の筆力では及びもつかないほどにすばらしい、と讃える。

曹植、劉楨の公讌詩には敍景の部分が中に含まれているが、それらの詩句はことば自體がもっている意味と別の指示對象をもつことはない、という點で寓意性はみられない。それゆえ從來いわれたように確かに敍景であるかに見える。しかしながらそこで唱われる景物は實際に周圍に存在した物というよりも、公讌という非日常的な時空にふさわしい、祝祭的な場を描き出すものとして機能している。一般に詩のなかの「景」といわれる要素は、のちの時代の詩の場合でも作品全體と合致するかたちで取り込まれているのであって、「情」と無關係にはありえないものだが、公讌詩においては公讌の雰圍氣を釀し出す舞臺裝置として描き出されているのである。

曹植と劉楨の「公讌詩」における敍景が忠實な景物描寫であるかのように思われてきたのは、それが實際の外界の樣子に相當接近しているためなのだが、王粲の「公讌詩」（『文選』巻二〇）における外界の敍述は、より直截に祝福の意味を帶びている。

1　昊天降豐澤　　昊天　豐澤を降し
2　百卉挺葳蕤　　百卉　葳蕤を挺ず
3　涼風撤蒸暑　　涼風　蒸暑を撤し
4　清雲却炎暉　　清雲　炎暉を却く

大空は豊かな恵みの雨を降らせ、それを受けて地上のありとあらゆる草木は若芽を伸ばす。涼しい風が吹いて蒸し暑さを追い拂い、秋の雲は夏の光を退却させる。

——天の恩惠は植物にも人にも生氣を與える。これが單に天候や季節の變化をいうのでなく、饗宴の祝祭的な雰圍氣を作り出していることはいうまでもない。慈雨や秋の到來が「我が賢主人」をことほぐのに連なるのである。外界の描出に關わるのは冒頭の四句のみであり、以下、宴席の模樣が述べられ、この宴の主催者曹操（後述）を讚えることばで結ばれる。

『藝文類聚』巻三九、燕會に引かれる曹植の「太子の坐に侍す」詩は宴會の敍述、主催者に對する贊美など、うたげのうたの要素を備えながらも、どこか不完全な印象を與える作品ではあるが、そこにも初めの四句に外界の樣子が記されている。

1　白日曜青春　　白日　青春に曜《かがや》き
2　時雨靜飛塵　　時雨　飛塵を靜む
3　寒冰辟炎景　　寒冰　炎景を辟《しりぞ》け
4　涼風飄我身　　涼風　我が身を飄《ひるがえ》す

黄節が「青春」について「陳思の此の詩は、夏日に作らる。而るに青春と言う者は、雨後に日出で、愛すべきこと春の如きを謂うなり。亦た以て太子を喩うる也。初學記に曰く、青宮、一に春宮と曰う。太子の宮也、と」(12)というとおり、初句からすでに主催者への頌が連ねられているのであって、實際の外界の事物を寫しているわけではない。

王粲の「公讌詩」や曹植の「太子の坐に侍す」詩に見られる外界の敍述が直截に饗宴の主催者に對する祝福につながっているのと比較してみると、先に掲げた曹植、劉楨の「公讌詩」の景物描寫がそうした祝福豫兆の意味を含みながらも、敍景としての性格がより強まっていることが理解できる。景物そのものを初めて描き出したといわれてきた建安の公讌詩は、饗宴という祝祭的時空をしつらえる面とそれが徐々に敍景そのものに變貌していく面とが混在しているかに見える。景物が饗宴を祝福する作用をするというのは、文學がまだ呪術的な性質をのこしていることを意味する。おそらく饗宴とは當時にあっては古代の祝祭としての呪術性を留めていたのであろう。それは日常を超越した特別な時空であり、外界は饗宴を祝福するものとして配置される。そして饗宴の主人公を頌することばで結ばれるところにも、參加者が主催者に對してことばを呈して祝福しようとする呪術的な面を見ることができる。それは列席する建安文人の小さな共同體の中で共有される世界であった。主催者に祝福のことばを捧げることとは、そこから呪術性を稀薄にすれば容易に儀禮的な、ないしは社交的な性格へ移行するものである。『文選』の公讌の部に收められた詩の中でも應瑒の「五官中郎將の建章臺の集いに侍す」詩では呪術的な面は消失し、「公子」曹丕の自分に對する處遇への感謝、不遇の身の自分をかくも鄭重に取り立ててくれたことへの思い、それに發して己れの來し方を述べるという個人の境遇を唱う詩に轉換している。詩が呪術的な色彩をのこしながらも、儀禮的、社交的な面、或いはまた個人の感慨を述べるなど、のちの詩がもつ性質へ移行していく過渡的な様相を公讌詩群の中に讀みとることができるだろう。

(2)　うたげにおける主人の立場

『文選』巻二〇の「公讌」の部類には、曹植、王粲、劉楨の「公讌詩」と題する詩が並び、そのあとに應瑒の「五官中郎將の建章臺の集いに侍す」詩が載せられている。應瑒の詩だけが詩題に宴の主催者は曹丕、場所は建章臺であることを明示している。建章臺は漢の武帝が火災で消失した柏梁臺に代わって建てたもの（『漢書』武帝紀、太初元年）だが、ここで指しているのは鄴都にあったものに違いない。曹丕が五官中郎將に任じられたのは建安十六年（『三國志』巻一武帝紀）、劉楨、應瑒が疫病で死ぬのが建安二十二年、詩の制作時期はこの間に絞られる。陸侃如『中古文學繫年』では應瑒の詩を建安二十一年の作と推測している。その前の三首の宴の實體は明示されず、たとえば『對牀夜語』などでは曹植、劉楨、王粲をみな同じ時の作とみなしているのだが、(13) 嚴密にいえば同じ宴席とは限らないし、主人も曹丕のほかに曹操である場合も考えられる。應瑒の詩の「公子敬愛客」の公子は曹丕を指すことが明らかであるから、同じ句を用いる曹植の公讌詩も主人は曹丕とみなしてよいだろうが、王粲の「公讌詩」は曹操の宴席と考えられている。その「願わくは我が賢主人の、天と與に巍巍たるを享けんことを」の句に對して、李善は「主人とは太祖を謂うなり」と注する。(14) 劉楨の「公讌詩」についても、五臣注劉良が「王粲と同《とも》に鄴宮においての作なり」というのに從えば、曹操の宴席ということになる。『文選』の四首のほかにも、『藝文類聚』巻三九「燕會」には、陳琳「宴會詩」、應瑒「公讌詩」が引かれ、『初學記』巻一四「饗讌」には阮瑀の詩がある。斷片も含めて十首近くのこる建安文人の饗宴の詩は、王粲、劉楨の「公讌詩」のように曹操が主催した宴も含むだろうし、曹丕の宴の場合でも必ずしも同一の席とは限らないが、いずれにしろ曹操政権のもとに蝟集した文人たちが主君への忠誠をこめて頌した詩群であることは確かだ。それはのちに曹丕が「朝歌令呉質に與うる書」（『文選』巻四二）などの中で懐かしがった、文人どうしの友愛の場であったのである。

そうした建安文人の公讌詩群には、共通した特徴が認められる。それは文人たちが宴に招かれたことを主催者に對して感謝し、主催者をことほぐという要素が、程度に濃淡はあれ、いずれにも含まれていることである。酒席という日常とは異質の、はれの場において、天の祝福が主人に下されるように祈るのである。そうした呪術的な響きをのこすとともに、現實の立場を反映して饗宴への參加を許されたことを主催者に感謝したり、さらにまた王粲の「公讌詩」、應瑒の「五官中郎將の建章臺の集いに侍す」詩に顯著なように、自分が取り立ててもらったことへの感謝、それに酬いるために忠誠を盡くそうという意思が表白されていることもある。

ところが、宴の主催者の詩は、列席する者たちの唱いぶりとはかなり異質な性格を帯びている。曹操の詩を見ることはできないが、曹丕の「芙蓉池の作」（『文選』巻二二）は主催者の立場から唱われたうたげのうたである。これは『文選』には「公讌」ではなく、「遊覽」の部に収められている。伊藤正文氏は「芙蓉池」とは「銅爵園」の別稱である「西園」の中にあり、これは曹植「公讌」・劉楨「公讌」・王粲「雜詩」などと同じ時に作られたものかという。[15] 曹丕の詩の冒頭二句、「輦に乘りて　夜　行游し、逍遙して西園を歩む」という狀況の說明は、曹植「公讌詩」の「清夜西園に遊び、飛蓋相追隨す」、劉楨「公讌詩」の「輦車素蓋を飛ばし、従者　路傍に盈つ」などの句と重なり合う。たとえ同一の饗宴とは限らないにしても、曹丕の「芙蓉池の作」も「西園」における遊興を、主催者の立場から唱ったものと考えて差し支えないだろう。

1　乘輦夜行遊　　輦に乗りて　夜　行遊し
2　逍遙歩西園　　逍遙して西園を歩む
3　雙渠相漑灌　　雙渠　相漑灌し
4　嘉木繞通川　　嘉木　通川を繞る
5　卑枝拂羽蓋　　卑枝　羽蓋を拂い
6　脩條摩蒼天　　脩條　蒼天を摩す
7　驚風扶輪轂　　驚風　輪轂を扶し
8　飛鳥翔我前　　飛鳥　我が前を翔る
9　丹霞夾明月　　丹霞　明月を夾み
10　華星出雲間　　華星　雲間より出づ
11　上天垂光采　　上天　光采を垂れ
12　五色一何鮮　　五色　一に何ぞ鮮やかなる
13　壽命非松喬　　壽命　松喬に非ざれば

14　誰能得神仙　　誰か能く神仙を得ん
15　遨游快心意　　遨游して心意を快くし
16　保己終百年　　己を保ちて百年を終えん

手引き車に乗って夜も出歩き、ゆったりと西の庭園を歩む。——「公讌詩」と同じく、庭園の散策から書き起こされる。二本の水路（とはどういう物か？）[補1]が池に水をそそぎ込み、美しい樹木が流水に圍まれている。ここから池の周圍の敍景に入るのだが、樹木をいうのに「嘉木」ということばを使っている。「嘉」は好ましい性質をいう語には違いないが、それが形容することばは或る程度決まっているようで、ここのように樹木、また食べ物（嘉穀、嘉魚など）、人間（嘉賓、嘉友など）などと熟して用いられる。そこから推測されるのは、何か僥倖として與えられるようなめでたい、神に祝福されたもの、それゆえに人物についていえば立派な内實、徳を備えた人、ということであろうか。劉楨の「公讌詩」に「珍木」の語があったが、それと通じ合うところがある。景觀として審美的に捉えられた美しさというより、神の恩寵を感じさせるようなめずらかな木を意味している。木に靈的なものを感じ取って、そこに快さ（或いはそれが當時の美感だったか）を覺えるというのは、續く二句からも檢證される。

低い枝が乗っている車（の覆い）を拂い、長い枝は青空まで届きそうだ。嘉木に絞って敍述を進め、その低い枝は人と接觸する、高い枝は天と接觸する。一本の木が人と天との雙方に通じ、人界と天界との媒介となっている。木をこのように捉えるところが「嘉木」という聖なるしるしを帯びているゆえんでもある。

さっと吹く風が車輪の軸に吹き寄せる。鳥が私の前を飛びすぎていく。風と鳥、どちらも空を自在に驅けるもの、それが自分を中心に吹き寄せるものと飛び去っていくものとに書き分けられている。風と鳥が竝んでいることから兩者いずれも單なる外物としてのそれでなく、一種靈性を帶びたものとしての面を伴なう。どちらも天に屬する存在であって、それが人とこのようなかたちで交わるところに、大げさにいえば天の祝福を覺えるのだろうか。

赤く染まった雲が月と混じる。明るく輝く星が雲間からあらわれる。敍述は風と鳥から空へと移る。雲は月の光を受けて赤く染まり、星はその光を遮っていた雲から出る。月・星という輝くものとそのまわりで光を受けたり遮ったりする雲。それをリアルに描寫しようとする。この二句だけを見れば、それは實際の夜空の光景の描寫とも受け取ることができる。しかしそれに續いて次の二句がある。天空は輝きを下に垂れ、その五色の色彩はなんと鮮やかなことか。九句・十句で述べた星・月の光が總體として光彩となり、天から下へ降り注ぐ。これは實景というよりヴィジョンを描いているというべきだ。神々しい、宗教性を帶びた莊嚴な光景。[補2] そこからさらに次の句が生まれる。

赤松子や王子喬のような長壽は望めない。仙人にはなれっこない。人の壽命の有限性に思い當たる。十一句・十二句でいわば宗教的啓示を受けたような、永遠につながる光景を記して、天界の美しさ、莊嚴さ、それに對比して自分の卑小さ、命の短さに思いが移る。地上に生きる自分たちのはかなさに思い當たって、そこからいかに脱するか、詩人は思念する。

存分に樂しんで氣持ちを明るくし、體の養生に努めて一生を全うしよう。壽命の有限はいかんともしがたい。それゆえ與えられた命、そしてその最大可能な長さである百年、それを樂しく生きること、と詩を結ぶ。

このように見てくると、外界を描寫した詩句があるものの、後代の敍景とはかなり趣が異なることが分かる。外界の或る種の物、それらの或る種のありかたを詩人は知覺しているのだが、そこに感取しているのは、人間をとりまく世界の靈性であって、人に美的快感を及ぼすような審美的價値とは異質のものである。

周圍の景物を後代のように審美觀に合致する美として受け取るのではなく、あたかも天がうたげを祝福し、恩寵を與えてくれるかのような光景として享受する、神の祝福の顯現として外界を敍述していくという性格は、曹植、王粲、劉楨、そして曹丕の饗宴の詩に共通して認められる「景」の特徵である。そこから宴というものが、社交的な機能とともに、まだ古代の呪術性をのこしている、日常とは異質な時空として捉えられていたことが改めて了解される。

「景」が神さびた雰圍氣を盛り上げる助けとして描き出されているのは、饗宴の詩に共通するものの、曹植や劉楨ら列席者たちの詩ではその神々しい狀態がとわに續くことを願って結ばれていたのに對して、宴の主人である曹丕の詩だけは、そこから人間の命の有限性を思うという悲觀的な情感が導き出されている。それが客と主人の間で鮮やかな對比を作り出す。招かれた賓客たちは、宴の至福の狀態が永遠に續き、天の加護が主人に與えられることを祈願するのに對して、主人の方は人の生命のはかなさを嘆く方向に向かってしまうのである。

宴の中で悲觀的なことばを吐くというのは、建安詩に先立つ「古詩十九首」其四にも見られる。

今日良宴會　今日　良宴會
歡樂難具陳　歡樂　具さには陳べ難し
彈箏奮逸響　箏を彈きて逸響を奮い
新聲妙入神　新聲　妙　神に入る
令德唱高言　令德　高言を唱う
識曲聽其眞　曲を識るもの其の眞を聽け
齊心同所願　心を齊しうして願う所を同じうするも
含意俱未申　意を含みて倶に未だ申べず
人生寄一世　人生　一世に寄す
奄忽若飈塵　奄忽たること　飈塵の若し
何不策高足　何ぞ高足に策《むちう》ち
先據要路津　先ず要路の津に據らざる
無爲守窮賤　爲す無かれ窮賤を守り
轗軻長苦辛　轗軻　長えに苦辛するを

現世での快樂、欲望の追求、それに身をまかせて命のはかなさを忘れようというもので、古詩十九首の特徴の一つである虚無的な詠嘆が流れている。陸機が摸擬した「擬今日良宴會」（『文選』巻三十）もほぼ同じ内容といっていい。饗宴という歡樂の頂點において悲哀を覺えるという心の動きはこのようにすでに用意されている。樂極まれば哀生じるのモチーフである。

さかのぼれば漢の武帝「秋風の辭　幷びに序」（『文選』巻四五）にもそれは見られる。これが武帝を中心として家臣たちとの饗宴の場における作であることは、その「序」に説明されている。

上行幸河東、祠后土。顧視帝京欣然。中流與群臣飲燕。上歡甚。乃自作秋風辭曰、
上　河東に行幸し、后土を祠る。帝京を顧視して欣然たり。中流に群臣と與に飲燕す。上　歡ぶこと甚し。乃ち自ら秋風の辭を作りて曰く、

秋風起兮白雲飛　　秋風起こりて白雲飛び
草木黃落兮鴈南歸　　草木黃落して鴈は南に歸る
蘭有秀兮菊有芳　　蘭に秀有り　菊に芳有り
攜佳人兮不能忘　　佳人を攜えて忘るる能わず
泛樓舡兮濟汾河　　樓舡を泛かべて汾河を濟る
橫中流兮揚素波　　中流を橫ぎりて素波を揚ぐ

簫鼓鳴兮發棹歌　簫鼓鳴りて棹歌發す
歡樂極兮哀情多　歡樂極まりて哀情多し
少壯幾時兮奈老何　少壯幾時ぞ老いを奈何せん

饗宴の樂しみのさなかにあって、そこに悲哀を覺え、この喜びもつかの間のものであってやがてうたげは果てる、そこから人の命の短さへと悲嘆が擴がっていく。ほかの「群臣」たちがどのような歌をうたったのか、或いはうたわなかったのか、これ以上のことは分からないが、主催者漢の武帝が喜悅の頂點において悲嘆のことばを發しているのは確かである。「古詩十九首」は宴の主催者か否かも手がかりがないが、無名氏であれ個人の抒情のパターンとして、饗宴の中にあって人生のはかなさを嘆くという感情の類型が用意されていたことは認められる。それが建安の公讌詩に至ると、饗宴の歡樂をうたう詩と歡樂極まったあとの哀情をうたう詩とが、招かれた客と宴を催す主人との間ではっきりと役割が分擔されるのである。おそらくこの分擔には、詩が作られた儀禮的な場というものが作用したことであろう。招かれた客たちは、宴席の樂しさを唱い、主人をことほぐのが禮儀であり、悲哀のことばを吐くことは考えにくい。一方、主催者の方は、自分に向けられたことほぎに對する反作用として、この喜びもつかの間のものと、歡樂極まりて哀情多しの型に沿って、いわばお返しをするように、悲嘆を發したものであろうか。

『文選』の「公讌」の部類には建安文人に續いて、晉・陸機「皇太子　玄圃の宣猷堂に宴し令有りて詩を賦す」（四言）、陸雲「大將軍の讌會に命を被りて詩を作る」（四言）、應貞「晉武帝の華林園の集いの詩」（四言)、宋・謝瞻「九日　宋公の戯馬臺の集いに従いて孔令を送る詩」(五言)、范曄「樂遊にて詔に應ずる詩」(五言)、謝靈運「九日　宋公の戯馬臺の集いに従いて孔令を送る詩」(五言)、顏延之「詔に應じて曲水に讌して作る詩」(四言)、「皇太子の釋奠の會に作る詩」(四言)、梁・丘遲「宴に樂遊苑に侍して張徐州を送る應詔詩」(五言)、沈約「詔に應じて樂遊苑に呂僧珍を餞《おく》る詩」(五言)が竝ぶ。そこにはすでに饗宴の宗教性を帶びた至福感というものは乏しいけれども、天子なり皇太子なり、宴の主催者に對することほぎ、稱揚が敍述の大きな部分を占めている。陸機、陸雲の四言詩はほとんど晉王朝への頌といっていい。謝瞻、謝靈運の詩では重陽という秋の宴、しかも送別の席でもあって、ややトーンが重く、隱棲への思いを唱ったりするが、そこにすら主催者への顯揚を挾むことを忘れていない。このように參會者たちは公讌詩の中で主人を讚えるのだが、『文選』には主催者の側からの詩が收められていないので、それに對してどう答えたか、曹丕以外に確認できない。

二　石崇「金谷詩序」

饗宴の席で作られる詩の中で、客人たちが宴のはなやぎをうたい、ことほぎのことばを主人に捧げるのに對して、主人の方は人生の短さを嘆くという主客對比の構造は、次の時代、西晉・石崇(二四九―三〇〇)の「金谷詩序」によって確かめることができる。石崇の「序」は『世說新語』品藻篇の「謝公(謝安)云う、金谷の中では蘇紹　最も勝る、と。紹は是れ石崇の姉の夫、蘇則の孫、愉の子なり」の條の劉孝標の注に引かれている。

石崇金谷詩敍曰、「余以元康六年、從太僕卿出爲使持節、監靑・徐諸軍事、征虜將軍。有別廬在河南縣界金谷澗中、或高或下、有淸泉茂林、衆果・竹柏・藥草之屬、莫不畢備。又有水碓・魚池・土窟、其爲娛目歡心之物備矣。時征西大將軍祭酒王詡當還長安、余與衆賢共送往澗中、晝夜遊宴、屢遷其坐。或登高臨下、或列坐水濱。時琴瑟笙筑、合載車中、道路竝作。及住、令與鼓吹遞奏。遂各賦詩、以敍中懷。或不能者、罰酒三斗。感性命之不永、懼凋落之無期、故具列時人官號・姓名・年紀、又寫詩著後。後之好事者、其覽之哉。凡三十人、吳王師・議郎關中侯・始平武功蘇紹、字世嗣、年五十、爲首」。

石崇の金谷詩の敍にいう、「私は元康六年（二九六）、太僕卿から地方へ出て使持節となり、青州・徐州諸軍事、征虜將軍になった。河南の縣境の金谷澗に別莊があり、起伏が多く、泉水や樹林があって、そこには多種の果樹や竹柏、藥草のたぐいなど、なにもかもそろっていた。さらに水車、魚池、洞窟があり、目を樂しませ心を喜ばせる物が完備していた。その時、征西大將軍祭酒の王詡が長安に歸るのに當たり、私は賢者たちとともに見送りに澗中に行き、晝も夜も宴會を催して、何度も席を移した。小高い山に登って下を見下ろしたり、水際に竝んで坐ったりした。その時、琴瑟笙筑の樂器を、車の中に一緒に載せて、道みち演奏した。止まると、鼓吹の樂器と代わる代わる演奏させた。そこで各々詩を賦して、胸中の思いを述べた。詩ができない者があれば、三斗の酒を罰とした。命が永遠に續くものではないことに感慨をもよおし、いつ朽ち果てるとも分からぬさだめに心を痛め、そこでその時の官職や名前、年齢を列記し、さらに詩を書いて後につけた。後の世の好事家たちが、これを見ることだろう。全部で三十人、呉王師・議郎關中侯・始平武功の蘇紹、字世嗣、年五十、を巻首とする」。

「凡そ三十人」という參列者の詩の中で完全に見られるのは『文選』巻二十に載せられた潘岳の一首のみで、ほかに杜育の詩の斷片が『文選』李善注（巻三〇、謝靈運「南樓中望所遲客」詩注「杜育金谷詩曰、……」）に引かれているに過ぎない。それも「既にして慨爾たり、此の離析に感ず」の二句だけでは、離別の詩であることは分かるが、この送別の宴のものとも斷定できない。潘岳の詩「金谷に集える作」も『文選』の「祖餞」、すなわち送別の詩の部類に収められているもので、初めの二句は國の中樞を補佐する王氏、海濱の地を治める石氏、と唱い起こしている。

王生和鼎實　　王生　鼎實を和え
石子鎭海沂　　石子　海沂に鎭す

これは石崇の序に説明されている王詡が長安に赴き、石崇が靑・徐に出る狀況と一致するから、金谷における同一の送別の宴の作とみなすことができる。[16] 潘岳の詩全體は金谷園の景觀を述べ、「但だ愬《うった》う杯の行くことの遲きを」といった宴席を盛り上げる決まり文句（王粲の「公讌詩」にも「但愬杯行遲」の句がある）を含みながらも、友愛の思いと離別の情を綴っている。

石崇の「序」は『世説新語』品藻篇の注に引かれたものが最も長いが、ほかにも逸文がいくつか見られ、[17]

對校してみると、品藻篇注にない語句も多少混じっていることから、それが必ずしも完全なテキストでないことが分かるが、ただ「性命の永からざるに感じ、凋落の期無きを懼る」という悲観のことばは、ここにしか見られない。

石崇の宴の場合は、石崇自身と王詡、二人の送別の宴であったということが、饗宴の席において今という愉悦の時がはかなく過ぎていってしまう思いをいっそう驅り立てたとも考えられるが、宴の主催者石崇が宴のさなかにおいて悲嘆の言辭を吐いているのは確かである。

金谷園が地形も植物も豊かで庭園として完全無缺のものであることを綴り、そこで催された宴會が贅を極めたものであることを述べてきたあとに、いきなり「感性命之不永、懼凋落之無期」の二句があらわれるのは、いささか唐突な印象を否めない。ここに省約がなく、もともと出し抜けな感じを伴なうものであるとすれば、それは主催者が人の生の短さを嘆くことがすでに一つの様式として定着していたからこそであろう。

石崇の「序」には、先に擧げた曹丕の場合には見られなかった要素が加わっている。すなわち今行われている饗宴を參加者それぞれが賦した詩、主催者石崇がそれらを統べた「序」、そうしてまとめられたものが後世の人に見られるであろうということを、今の時點から豫期しているところである。言い換えれば將來が現在を過去として振り返るだろうと現在において豫期する。そのために參加者の「官號、姓名、年紀」を逐一記錄しておくという。今、自分たちが享受している饗宴の愉悦、それを人間の歴史の中に位置づけようとするのである。これは生命の有限に思いを致す感慨とつながっている。今の幸福な時間ははかない人の命の中の一時に過ぎない。宴はほどなく果て、そして我々はこの世から消えていく。しかし我々がこうした時間をもったことを記録しておくことによって、後の人々が思い出してくれることだろう。こうした思いを抱くことによって、今の饗宴が單なる一時の享樂でなく、この世に繰り返し生まれては死んでいく人々に共有される普遍的な意味を備えることになる。

宴をあとから振り返ってそこに感慨を生じるというのは、實は曹丕にもある。曹丕の公讌にまつわる詩自體には見えないが、そこに參集した文人たちが死去したあとで、曹丕は彼らと集い合った日々の、失われた幸福を懐かしさと悲しみをこめて回想している。阮瑀が亡くなったあとに「朝歌令呉質に與うる書」（『文選』巻四二）のなかで、[18] さらに「徐（幹）・陳（琳）・應（瑒）・劉（楨）一時に倶に逝」った翌年にも「呉質に與うる書」（同）のなかで、[19] 失われた昔日の遊を追憶している。前者では當時の饗宴の様子を美しく記したあと、

樂往哀來、愴然傷懷。余顧而言、斯樂難常。足下之徒、咸以爲然。今果分別、各在一方。元瑜長逝、化爲異物。毎一念至、何時可言。

樂しみが去って悲しみが生じ、悲痛が胸に迫りました。私は振り返っていいました、「この樂しみはいつまでも續くものではない」と。君たちも、みなそれに同感しました。今果たして散り散りになり、それぞれが別の所にいます。元瑜（阮瑀）は歸らぬ人となり、異物と化してしまいました。その思いが浮かぶたびに、いつかお話したいと思っていました。

後者ではやはり當時の交遊の親密さを述べたあと、

當此之時、忽然不自知樂也。謂百年己分、可長共相保。何圖數年之間、零落略盡、言之傷心。
その當時には、ついうかうかとして樂しさに氣づきませんでした。人間百年の壽命は我がもので、みないつまでも保つことができるとばかり信じ込んでおりました。數年の間に、ほとんどの人々が死んでしまおうとは、だれが豫想しましょう。口に出すだに心が痛みます。

（興膳宏氏の譯[20]による）

當時の心境を語る二つの書翰が矛盾するわけではない。曹丕の胸を激しく搖すっているのは、ともに集い合った幸福な時間が實にあっけなく失われてしまった驚きである。曹丕の場合は實際に二度と繰り返せなくなった饗宴を本人みずから回顧しているものだが、石崇の「序」は饗宴の現在において、それが將來の人々から回想されることを豫想し、過去として消え行くであろう自分たちの身を悲しむのである。

三　王羲之「蘭亭序」

石崇「金谷詩序」が書かれた「元康六年」（二九六）から半世紀あまりのちに、「永和九年」（三五三）と本文に記された王羲之の「蘭亭序」が登場する。あまりにも名高いこの「蘭亭序」をめぐっては、古來樣々な議論が交わされてきた。最近では清水凱夫氏が「王羲之『蘭亭序』不入選問題の檢討[21]」と題する論文の中で、これまでの研究史を詳細に紹介しながら檢討を加え、結論として、通行する「蘭亭序」は唐初に編まれた『晉書』に初めて出現するもので、梁の時代に見られたのは『世說新語』劉孝標注が引く「臨河序」

であり、それには「君臣の正しい在り方を追求する『沈思』」が缺如していることが『文選』に採られなかった理由であろうという。清水氏の論文は「蘭亭序」がなぜ『文選』に收められなかったのかという問題を掘り下げたものだが、ここではその問題に關わるつもりはない。また、王羲之の手になるか否かという點についても、直接の關心としようと思わない。今、確認したいのは、饗宴を詠じた詩群を統べる「序」の中に、人生の短さを嘆くことばが含まれているということである。

「永和九年、歳は癸丑に在り。暮春の初め、會稽山陰の蘭亭に會し、禊事を修むる也」と、宴の開かれた時・場所から書き始め、さらに蘭亭を取り巻く地形、そこで催された曲水の宴のありさまを綴っていく。天氣にも惠まれ、饗宴の喜びを滿喫していることを記して、「信《まこと》に樂しむべき也」と結んだあと、一轉、悲觀のことばが始まる。

夫人之相與俯仰一世、或取諸懷抱、悟言一室之內、或因寄所託、放浪形骸之外。雖趣舍萬殊、靜躁不同、當其欣於所遇、暫得於己、快然自足、不知老之將至。及其所之既倦、情隨事遷、感慨係之矣。向之所欣、俛仰之間、已爲陳跡、猶不能不以之興懷。況修短隨化、終期於盡。古人云、死生亦大矣、豈不痛哉。

每覽昔人興感之由、若合一契、未嘗不臨文嗟悼、不能喩之於懷。固知一死生爲虛誕、齊彭殤爲妄作。後之視今、亦猶今之視昔、悲夫。故列敍時人、錄其所述、雖世殊事異、所以興懷、其致一也。後之覽者、亦將有感於斯文。

いったい人みなが一生を送るにあたって、胸中の感懐を一室のなかでひそやかにかたることもあれば、志のおもむくまま自由奔放にふるまうこともある。このように人間の生きかたは實に靜動さまざまであるが、しかしだれしも境遇のよろこばしく得意なときには、しばしそこに滿ちたりて、老境がわが身をおとずれようとしていることにさえまるで氣がつかないでいる。やがて得意が倦怠にかわり、感情がうつろいゆくと、それにつれてやるせない感慨がこみあげてくる。ついいましがたまでよろこびであったものが、つかのまにもはや過去のものとなってしまって、ただこれしきのことにすら人間の心は動かされずにはおられないのである。ましてや人間の生命は長い短いのちがいこそあれ、けっきょくは盡きることを約束されている。古人は、「死生もまた大なり――死生こそ一大問題だ」といっているが、いたましいかぎりではないか。古人の感慨をもよおした理由が現在の自分とおなじなのを讀むたびに、わたしは書物をまえにして胸はうずき、わけもなく悲しくてたまらなくなる。わたしは、「死と生を一とし、彭と殤を齊しくする――死と生あるいは長壽者と夭折者を同一視する」荘子の哲學を、でたらめでうそっぱちだとつくづく思う。後世の人たちが現在のわたしたちをかえりみるのも、ちょうどわたしたちがいまの時點から過去をふりかえるのとおなじことであろう。悲しいことだ。ゆえに參集した人たちの名を列擧し、その作品を收録する。世はうつり事はかわろうとも、感動をもよおす源はけっきょくひとつであり、後世の讀者たちもきっとこれらの作品に感動するにちがいない。

（吉川忠夫氏の譯[22]による）

石崇の「金谷詩序」ではわずか二句が述べていた人生短促の嘆きが、ここでは後半のすべてを占め、宴の樂しさを綴った前半を上回る字數が費やされている。石崇の場合は悲嘆のことばが唐突な印象を與えたのに對して、ここでは宴という樂しい機會を契機として悲しみが生まれることが、文章の中で説明されている。「向《さき》の欣ぶ所は、俛仰の間に、已に陳跡と爲るも、猶之を以て懷いを興さざる能わず。況や修短化に隨い、終《つい》に盡に期するをや」。心から樂しんだ宴の催しがたちまち過去のことに變わってしまう。そこにも感慨が生じるのだから、まして人の命の有限を思えば心を痛めないわけにいかないと、生の中の一つの事柄から自然に連續して人生全體へと思いが擴がるのである。

悲嘆の辭が繰り廣げられていることは、郭沫若が僞作説の根據の一つとして掲げるものである。この宴で作られた王羲之の詩の方には集いの樂しい氣分しか唱われていないのと一致しない、王羲之の人間像の剛毅な氣性とそぐわない、そうした作品外部との關係のみならず、作品の内部においてもこの悲觀の部分はとってつけたように不整合をきたしているという。(23) それに對して興膳宏氏は、詩と序とは一つの心情に統一されている必要はなく、詩で樂しみを唱っても序を記す段に至って悲哀の念が生じても不思議ではないと、それぞれを王羲之のその時々の眞情を表白したものとする。

宴果ててのち、過ぎ去った樂しい時間を回顧しながら、序の筆を執ったとき、あるいは流れゆく時間の一コマとしてこの樂しかった集いの意味を見つめなおしたとき、彼の心情に微妙なかげろいがさしたとしても、それは少しも不思議ではない。それはいわば快樂をふちどる哀情である。……(24)

また吉川忠夫氏も王羲之の思想の總體の中に位置づけて「結論していえば、後世の増益とされる部分は、羲之の思想全體のコンテキストのなかでけっして違和感はない」という(25)。

兩氏が悲嘆の辭の表出を王羲之の心情なり思想なりと結びつけて、そこに不自然さはないことを說かれたものとすると、小南一郎氏は作品の書かれた場を重視して、こう述べる。

> 一本調子に樂しみを述べるのでなく、それに陰翳を與えるというのが遊びの表現の一つの樣式であったのではなかろうか。そしてその陰翳を與える仕事はまずその場の主人である王羲之の役目であったはずである(26)。

「うたげのうた」という系譜を建安の公讌詩からたどってここに至れば、樂しかるべき饗宴のさなかにあって主催者が束の間に移ろいゆく人生の縮圖をそこにみて悲嘆するのは、不自然でないというより、ほとんど定型といっていいほどに定着したかたちだったのではないか。

しかしながら、建安の公讌詩の場合には、樂しみを述べことほぎを呈する客人と悲觀のことばを發する主人、というように主客の役割が截然と分かれていたのだが、蘭亭の集いはどうか。王羲之の宴席で作られたと思われる詩は相當な數がのこっている。郭沫若が「序」とそぐわないとした王羲之自身の一篇の詩(27)、その五言の詩は次のように唱われている。

仰眺碧天際　　仰ぎて碧天の際《きわ》を眺め
俯瞰綠水濱　　俯して綠水の濱《はて》を瞰《み》る
寥朗無涯觀　　寥朗たり　涯《きわ》まり無き觀《なが》め

寓目理自陳　寓目　理は自ずから陳《つら》なる
大矣造化功　大なるかな　造化の功
萬殊靡不均　萬殊　均しからざる靡《な》し
群籟雖參差　群籟　參差たりと雖も
適我無非親　我に適《かな》いて親しきに非ざる無し

空の果て、水の果てまで、目の届く限りを眺める。森羅萬象は現象としては無數に異なりながらも、世界全體が一つの「理」によって統一されている。様々な物から發せられる音は多様であっても、すべてが自分に快く響き、自分も世界の調和の中に溶け込んでいる。

ここにあらわれた感情はといえば、確かに郭沫若がいったとおり、春の顯現を喜んでいるということになるのだろうが、しかしそれだけ摘み出してしまうと、詩全體の情感を捉え損なってしまう。萬物の春、世界の調和をまのあたりにして、詩人は謙虚に、懼れ謹んでそれを見ているかのようだ。そこには世界に對する畏怖、己れの卑小さへの自覺が隣り合わせになっている。吉川忠夫氏が「五言詩はたんなる樂觀であろうか。『大いなる造化の功』は、微少にして不安定な人間存在との對比のもとにうたわれているのではないか」(28)というのに與したく思う。世界との一體感はそれが束の間のものであるという認識の上に享受されているのである。

四言の詩にはいう、

代謝鱗次
忽焉以周
欣此暮春
和氣載柔
詠彼舞雩
異世同流
乃攜齊契
散懷一丘

代謝は鱗のごとく次《つ》ぎ
忽焉として以て周《めぐ》る
此の暮春を欣び
和氣　載ち柔らぐ
彼の舞雩を詠ぜしは
世を異にするも流れを同じくす
乃ち齊契《とも》を攜え
懷いを一丘に散ず

これも中心となる感情を抽出すれば春の喜び、そこに集う樂しみということになってしまうが、その春を、次々と移り變わる季節の周期の中で巡ってきたものと捉える態度は、この幸福な季節もまた束の間のうちに過ぎ去ってしまうという感懷に連なる。そしてまた、春は周期的に巡ってくるのに、それを享受する人は線状の時間軸の中で次々生起し消滅するという對比が「舞雩」への言及から生じる。それは「序」の末尾近くにいうところの、今の歡樂も未來の人にとっては過去のものとして回想されるであろうという思いにつながるものである。現在の饗宴が未來の人々にとっては過去のものとして回顧されるという發想は、石崇「金谷詩序」にも「後の好事の者、其れ之を覽ん哉《か》」と、一句に記されていたものであるが、「蘭亭序」ではそれを敷衍して抒情を深めている。
參會者の詩もおおむねこうした唱いぶりといっていいが、ことに庾蘊の作は「やや暗い色調を帯びる」[29]。

仰想虚舟説　　仰ぎて虚舟の説を想い
俯歎世上賓　　俯して世上の賓を歎ず
朝榮雖云樂　　朝榮　樂しと云うと雖も
夕弊理自因　　夕弊　理自ずから因る

『莊子』山木篇にいう「虚舟」、波間に漂う無人の舟さながら、定め無き生。世の人々もそれから免れられない。朝の開花を喜んだところで、夕べに萎れることに歸結するのが必然の理というもの。この斷片とおぼしい四句の前後にどのように詩が展開されていたかわからないが、少なくともこの部分から推せば、饗宴の樂しさよりもそれをはかなく消滅していくものとして捉えていることは確かである。宴に招かれた建安詩人たちが公讌の中で宗教的といっていいような至福感、陶醉感を唱っていたのと較べてみれば、蘭亭の宴の參加者たちは饗宴の樂しさをいうにしてもいかにも醒めているといわねばならない。そこにはすでに主客の對比的構造は消滅している。參列者たちも手放しで盛會を讚えたり喜んだりしていないのである。

參會者たちがすでに主催者を讚え祝福することをしなくなり、主客の隔てが薄れていったのはなぜか。

一つは建安の公讌詩の場合には、主催者が曹操であれ曹丕であれ、參列者にとっては忠誠を捧げるべき主君であったという主從關係が強く作用していたのが、蘭亭の會に集った人々の間ではもはやそうした強固な支配―被支配關係がなかったことであろう。そしてまた建安公讌詩の時代には、うたげというものがまだ古代の呪術的要素を帶び、ことほぎを捧げるべき特別な時空であったのから、より文學的な場へと變質していたためでもあろう。もちろん三月三日に催されることは多少の宗教性を帶びていたにしても、(30)それはずいぶん遠のき、社交の場として、文學の場としての意味が重くなって、人々は春の饗宴に加わって、それを生の中の重要な一こまとして享受しながら、人生全體、人類の歷史全體の中に位置づけて感慨を深める機會となっていたのだろう。のちに鍾嶸『詩品』序が擧げる詩作の場の一つ、「嘉會には詩を寄せて以て親しむ」、うたげのうたもそうした社交と文學の機會として定着していくのである。

四　その後の展開

饗宴の最中にそれを長い時間の中のわずかなひとときであるとみなして人生の短さを嘆くというモチーフは、降って初唐・王勃の「滕王閣の序」及びその詩にも認めることができる。「秋日　洪府の滕王閣に登りて餞別するの序」には、「天高く地迥《はる》かにして、宇宙の窮まり無きを覺え、興盡き悲しみ來たりて、盈虛の數有るを識る」、また「嗚呼《ああ》、勝地は常ならず、盛筵も再びし難し。蘭亭は已《や》みぬ、梓澤（金谷園の別名）も丘墟となりぬ」とある。金谷、蘭亭の宴の系譜に連なることはこのように明言されている。七言八句の

「滕王閣の歌」(31)の後半四句を引けば、

閒雲潭影日悠悠　　閒雲　潭影　日びに悠悠たり
物換星移度幾秋　　物換わり星移りて幾秋をか度《わた》る
閣中帝子今何在　　閣中の帝子　今何《いず》くにか在る
欄外長江空自流　　欄外の長江　空しく自ずから流る

自然の無限と人間の有限とが對比されている。

さらに降って、これは松本肇氏から教示を受けて思い出したものだが、李白の「春夜　從弟の桃花園に宴する序」を擧げなくてはならない。

夫天地者、萬物之逆旅也。光陰者、百代之過客也。而浮生若夢、爲歡幾何。古人秉燭夜遊、良有以也。況陽春召我以烟景、大塊假我以文章。會桃花之芳園、序天倫之樂事。群季俊秀、皆爲惠連、吾人詠歌、獨慙康樂。幽賞未已、高談轉淸。開瓊筵以坐花、飛羽觴而醉月。不有佳詠、何伸雅懷。如詩不成、罰依金谷酒斗數。

そもそも世界とは、萬物の假りの宿である。時間とは、永遠の旅人である。そして人の一生は夢のようなもので、喜ばしい時などいくばくもない。古人が燭を手に夜まで遊んだというのも、まことにもっともなことだ。ましてや春はかすむ景色で私を招き、天地は文學の才を私に與えてくれている。桃の花咲くかぐわしい庭園に集い、兄弟集い合う樂しい催しを述べる。弟たちはこぞって俊英ぞろい、いずれも謝惠連のごとくであるが、私だけは歌を詠じても、謝靈運になれないのが恥ずかしい。風景の賞玩はなおも續き、優雅な談笑はいよいよ淸らかとなる。玉の敷物を廣げて花の中に坐り、羽のかたちの觴を飛ばして月光の中に醉う。美しい詩でなければ、胸中の美しい思いを繰り廣げられない。もし詩を作れなければ、罰杯はかの金谷園の宴の數に合わせる。

もちろん罰杯の數だけでなく、宴そのものを、また宴の捉え方を金谷園の饗宴になぞらえている。冒頭で人の生のはかなさを確認したうえで、今開かれている宴席の快樂を存分に樂しもうというのである。李白のこの「序」は『古文眞寶』に收められて日本では人口に膾炙しているものの、中國ではさほどでないようで、その陳腐さを指摘する批評もある(32)。

これ以後、宴席の中で人生短促を嘆く措辭は、少なくとも時代を代表するような作品からは消えていくように思われる。李白の「序」が凡庸さを批判されるというのは、もはやうたげのうたの系譜もここで盡き、文學としての生命を失ったものだろうか。

宴のさなかにあって悲哀の思いを綴るといえば、たとえば杜甫の「九日　藍田　崔氏の莊」詩がそうである。しかしながらそこにはもはやここまで見てきたような抒情の類型とはまるで異質の、この作者ならではの悲しみが唱われている。

老 去 悲 秋 強 自 寬　　老い去《ゆ》き秋を悲しみて強いて自ら寬うす

興來今日盡君歡
羞將短髮還吹帽
笑倩旁人爲正冠
藍水遠從千澗落
玉山高竝兩峰寒
明年此會知誰健
醉把茱萸子細看

興來たりて　今日　君の歡びを盡くす
羞ずらくは短髮を將《もっ》て還お帽を吹かるるを
笑いて旁人に倩《こ》いて爲に冠を正さしむ
藍水は遠く千澗從《よ》り落ち
玉山は高く兩峰を竝べて寒し
明年　此の會　知んぬ誰か健なるかを
醉いて茱萸を把《と》りて子細に看る

李白の宴が春であったのに對して、ここではもとより悲しみの季節である秋の重陽の宴である。秋の悲しみは衰老の悲しみと重なり合う。舞臺は定型の悲哀を用意するが、しかしそのなかで無理にでも自分の氣持ちをくつろがせ、せめて今日の宴席は存分に愉快に過ごそうとするものの、座に溶け込むこともできずにいる老殘の詩人の形象が新しい。髮の薄くなった頭から帽子は吹き飛ばされ、照れ笑いを浮かべながら、隣に坐り合った、おそらくはこの席で初めて顔を合わせた人に賴んで直してもらう姿はなんともぶざまである。そうしたぶざまな自畫像を、苦い自虐とともに描き出す。このように細部を殘酷なまでにありありと描き出す筆致が、定型の保證する安定とは別の詩的世界を創り出している。

長壽を祈るはずの重陽の宴で杜甫は「明年此會知誰健」などと不吉なことばを發する。饗宴の中にあって宴がはかなく終わり、我々の生も盡きて、やがて過去の出來事として追憶されるだろうという詠嘆は、うたげのうたに定着していたものであったが、しかし杜甫がここで來年の會にはこの内の誰が健在でいられることかとつぶやくのには、類型化した抒情にはない、生々しさがある。

杜甫の「九日」の詩が、宴の中で抱く悲哀という點では因襲に連なりながらも、集團的な抒情性から個人の感情の詩化へとすっかり變貌していたのに對して、蘇軾の「赤壁の賦」は新しい世界觀を加えることによって類型的なリリシズムを乘り越えている。「赤壁の賦」は、ここまで見てきた詩がすべて實際に催された饗宴の席上で作られていたのと異なって、文學として設定された酒宴であるが、これも、「樂しみ去りて悲しみ來たる」のモチーフに連なるものである。「是に於て酒を飲みて樂しむこと甚だし」、その最中に「吾が生の須臾なるを哀しみ、長江の窮まり無きを羨む」詠嘆を發しているのは主人公「蘇子」ではなく、相手役の「客」である。この賦がもしそこで終わっていたら手垢のついた抒情の繰り返しに過ぎないだろう。蘇軾はそれに對して人間を流轉から免れないものと認めた上でそれを肯定に轉ずる新たな哲學を展開し、このモチーフに新しい生命を吹き込んでいるのである。「客も亦た夫《か》の水と月とを知るか。逝く者は斯《かく》の如くなるも、未だ嘗て往かざる也。盈虚する者は彼の如くなるも、卒に消長する莫き也。蓋し將た其の變ずる者自《よ》りして之を觀れば、則ち天地も曾ち以て一瞬なること能わず。其の變ぜざる者自りして之を觀れば、則ち物と我と皆盡くる無き也。而るに又た何をか羨まんや。……」。水は流れ去る。しかし流れ續ける。月は滿ち缺けする。しかしそれを反復する。變化を過ぎ去って消えゆくものとすれば悲哀が生じるが、變化しつつ永遠に持續するものとみることもできる。人も一人の生ははかなく消えていくものだが、人間全體で見れば次々と新しい生命が誕生する永遠の持續ともいえるのだ、と。(33)

うたげのうたの系譜も、「赤壁の賦」の水の流れや月の盈虚と同じように、時代ごとに消長を繰り返し變容しながら、中國の文學の傳統の中に流れ續けたのである。

注

(1) 陳良運『中國詩學體系論』（一九九二、中國社會科學出版社）八四頁に引かれた馮契「中國近代美學關於意境理論的檢討」では、中國の藝術は「言志」を、西洋の藝術は「模倣」を根幹とするという對比を指摘しているというが、この對比は「情」と「景」という中國の詩學で傳統的に用いられてきた用語に置き換えることができよう。

(2) 范晞文『對牀夜語』（『歷代詩話續編』、一九八三、中華書局、所收）卷一、「子建公讌詩云、清夜遊西園、飛蓋相追隨。明月澄清景、列宿正參差。秋蘭被長坂、朱華冒綠池。潛魚躍清波、好鳥鳴高枝。讀之猶想見其景也」。

(3) 同上、「是時劉公幹王仲宣亦有詩。劉云、月出照園中、珍木鬱蒼蒼、清川過石渠、流波爲魚防、芙蓉散其華、菡萏溢金塘、靈鳥宿水裔、仁獸遊飛梁。王云、涼風撤蒸暑、清雲却炎暉、高會君子堂、竝坐蔭華榱、嘉肴充圓方、旨酒盈金罍、管絃發徽音、曲度清且悲。皆直寫其事、今人雖畢力竭思、不能到也」。

(4) 葛曉音『山水田園詩派研究』（一九九三、遼寧大學出版社）一三頁。

(5) 詩題以外に見える「公讌（＝公宴）」の語の用例は、伊藤正文「曹植詩補注稿（詩之一）」（『神戸大學文學部紀要』第八號、一九八一）に擧げられている。

(6) 「公讌」の意味について李善は語っていない。五臣注では曹植「公讌詩」の題下に「濟曰、公讌者、臣下在公家侍讌也」という。また王粲「公讌詩」の題下では「銑曰、此侍曹操。時操未爲天子、故云公讌」とある。伊藤氏前掲論文では用例を掲げたあと、「考此諸例、『公宴（讌）』、屬公卿設宴者可知也」という。

(7) 曹植「公讌詩」の「公子」に李善が「公子謂文帝。時武帝在。謂五官中郎也」とあるのをはじめとして、曹丕を指すことに異説はない。

(8) 王先謙『詩三家義集疏』(一九八七、中華書局)卷二一、「案、禮中庸引詩云、鳶飛戾天、魚躍于淵。鄭注、言聖人之德、至于天則鳶飛戾天、至于地則魚躍于淵。是其明著于天地也。此言道被飛潛、萬物得所之象、與箋詩義異」。

(9) 同上、「魯遐作胡者、潛夫論德化篇、……詩云、鳶飛戾天、魚躍于淵。愷悌君子、胡不作人。君子修其樂易之德、上及飛鳥、下及淵魚、罔不懽忻悅豫、又況士庶而不仁者乎。遐不作胡不、足證傳箋隨文解釋之非」。

(10) 加納喜光『詩經』(一九八三、學習研究社)下、三四〇頁。

(11) 伊藤氏前掲「曹植詩補注稿」のほか、「曹丕詩補注稿(詩・闕文・遺句)」(『神戸大學教養部紀要 論集』二五號、一九八〇)など。

(12) 黃節『曹子建詩注』卷一(一九五七、人民文學出版社)。

(13) 注(2)(3)參照。

(14) 但し曹丕とする說もある。吳淇『六朝選詩定論』に「此亦侍文帝讌。舊註爲武帝、誤矣」(郁賢皓・張采民『建安七子詩箋註』、一九八八、巴蜀書社、七七頁、評箋所引)。

(15) 伊藤氏前掲「曹丕詩補注稿」に「據諸書所云、『芙蓉池』當在于『西園』、『西園』乃『銅爵園』之別稱也。此篇、蓋丕爲太子之時作、與曹植『公讌』・劉楨『公讌』・王粲『雜詩』等諸篇、略同時而作歟」。

(16) 李善注は一・二句の下に石崇「金谷詩序」を引く。

(17) 石崇「金谷詩序」の逸文は以下のとおり。
『世說新語』容止篇、劉孝標注、「石崇金谷詩敍曰、王詡、字季胤、琅邪人」。

『水經注』穀水注、「石季倫金谷詩集敍曰、余以元康七年、從太僕卿出爲征虜將軍。有別廬在河南界金谷澗中、有清泉茂樹、衆果竹柏、藥草蔽翳」。

『藝文類聚』巻九、水部、澗、「石崇金谷序曰、余有別廬、在河南界金谷澗中、或高或下、有清泉茂樹、衆果竹木草藥之屬」。

『文選』巻一六、江淹「別賦」李善注、「石崇金谷詩序曰、余元康六年、從太僕卿出爲使持節、靑・徐諸軍事・征虜將軍。有別廬在河内縣金谷澗中。時征西將軍祭酒王詡當還長安、余與衆賢共送澗中」。

『文選』巻二〇、潘岳「金谷集作詩」李善注、「石崇金谷詩序曰、余以元康六年、從太僕卿出爲使持節、監靑・徐諸軍事。有別廬在河南縣界金谷澗。時征西大將軍祭酒王詡當還長安、余與衆賢共送澗中。賦詩以敍中懷」。

『大平御覽』巻九一九、羽族部、鴨、「石崇金谷詩序曰、吾有廬在河南金谷中、去城十里、有田十頃、羊二百口、雞猪鵝鴨之屬、莫不畢備」。

『大平御覽』巻九六四、果部、果、「石崇金谷詩序曰、雜果幾乎萬株」。

(18) 陸侃如『中古文學繫年』はこの書翰を建安二十年（二一五）にかける。なお陸氏によれば、呉質はすでに朝歌から元城に移っているので、「朝歌令」と題するのは誤りだという。

(19) 『三國志』魏書、巻二一、王粲傳の注に、「魏略曰、……（建安）二十三年、太子又與質書曰」としてこの書翰が引かれる。

(20) 『鑑賞中國の古典　文選』（一九八八、角川書店）、二九八頁。

(21) 『學林』第二〇號、一九九四。のちに『新文選學――『文選』の新研究』（一九九九、研文出版）に所收。この論文の中國語譯は『淸水凱夫《詩品》《文選》論文集』（一九九五、首都師範大學出版社）に見える。

(22) 吉川忠夫『王羲之――六朝貴族の世界』（一九七二、淸水書院）、一九八四、淸水新書版四八頁―四九頁。

(23) 郭沫若「由王謝墓誌的出土論蘭亭序的眞僞」（『文物』一九六五年第六期）。

(24) 興膳宏「蘭亭と蘭亭序」（『王羲之書蹟大系解題篇』一九八二、東京美術）。

(25) 吉川氏前掲書六一頁。

(26) 小南一郎「蘭亭論爭をめぐって」(『書論』三號、一九七三)。この論文は幸福香織氏から教えられて讀むことができた。
(27) 宋・桑世昌「蘭亭攷」(『知不足齋叢書』所收)卷一に據る。
(28) 吉川氏前掲書六一頁。
(29) 興膳氏前掲論文一二八頁。
(30) 三月三日の宴を唱った詩については、釜谷武志「三月三日の詩——兩晉詩の一側面——」(『神戸大學文學部紀要』第二二號、一九九五)を參照。
(31) 『文苑英華』卷三四三、歌行、所收に據る。
(32) 安旗主編『李白全集編年注釋』(一九九〇、巴蜀書社、一九〇七頁)に引く明・王志堅『四六法海』に「太白文蕭散流麗、乃詩之餘。然有一種腔調、易啓人厭、如陽春・大塊等語、殆令人聞之欲吐矣。陸務觀亦言其識度甚淺」。
(33) 山本和義氏「蘇軾の詩にあらわれた人生觀——四川大學に於ける學術報告:草稿」(『南山國文論集』第一一號、一九八七)を參照。
補1 「雙渠」とは小林詔子氏によると、流入する水と流出する水の水路で、それによって池の水量を一定に保つ裝置ではないかという。
補2 「丹霞」のもつ宗教性については、釜谷武志氏「『霞』をめぐって」(『東方學會創立五十周年記念東方學論集』、一九九七)に論じられている。

蟬の詩に見る詩の轉變

一　蟬のかたち

セミの彫刻的契機はその全體のまとまりのいい事にある。部分は複雑であるが、それが二枚の大きな翅によって統一され、しかも頭の兩端の複眼の突出と胸部との關係が脆弱でなく、胸部が甲冑のやうに堅固で、殊に中胸背部の末端にある皺襞の意匠が面白い彫刻的の形態と肉合ひとを持ち、裏の腹部がうまく翅の中に納まり、六本の肢もあまり長くはなく、前肢には強い腕があり、口吻が又實に比例よく體の中央に針を垂れ、總體に單純化し易く、面に無駄が出ない。セミの美しさの最も微妙なところは、横から翅を見た時の翅の山の形をした線にある。頭から胸背部へかけて小さな圓味を持つところへ、翅の上線がずつと上へ立ち上り、一つの頂點を作つて再び波をうつて上の方へなだれるやうに低まり、一寸又立ち上つて終つてゐる工合が他の何物にも無いセミ特有の線である。翅の上線の波形と下線の單一な曲線との對照が美しい。セミの持つ線の美の極致と言へる。……

（高村光太郎「蟬の美と造形」(1)）

蟬という昆蟲の形態は、日本近代の彫刻家を強く惹きつけるものをもっていたようだ。高村光太郎は言葉を盡してその形を寫し取り、蟬へのオマージュを捧げている。彼には「蟬を彫る」と題する詩や蟬を唱った短歌ものこっている。[2] まるで金屬でこしらえられたかのような、硬質で精妙なその形は、造物主の手になる彫刻を思わせたことだろう。蟬の形をそのように見た高村光太郎の目は、おそらく西歐に學んだものである。英獨佛ではその風土のせいか、蟬の表象は必ずしも豊かでないようだが、ギリシア、ローマという地中海を取り巻く西歐古代では、ギリシヤ神話やイソップ物語によく登場するように、昆蟲のなかでもとりわけ注目を集めている。高村光太郎は先の隨筆のなかで「古代ギリシヤ人は美と幸福と平和の象徴として好んでセミの小彫刻を作って裝身具などの裝飾にした」とも記している。

中國においても、裝身具に仕立てられた蟬の場合、蟬の形狀がもつ獨特の精妙さが効果を發揮していたに違いない。玉で作られた蟬は今でも見ることができるが、次の詩にいうように「金蟬」というものもあった。

周迴六曲抱銀蘭　　六曲を周迴して銀蘭を抱き
解鬟鏡上擲金蟬　　鬟を解きて鏡上に金蟬を擲《なげう》つ

李賀「屛風曲」（『文苑英華』巻三四七による）

女性の髪飾りとして、ほかにも晩唐の豔詩に見える。李商隱「燕臺」四首之四に、

破鬟矮墮凌朝寒　　破鬟の矮墮　朝寒を凌ぐ

白玉燕釵黄金蟬　　白玉の燕釵　黄金の蟬

韓偓「春悶偶成十二韻」詩に、

醉後金蟬重　　醉後　金蟬重く
歡餘玉燕欹　　歡餘　玉燕欹《かたむ》く

黄金を施されたこの髮飾りは、蟬の形狀を忠實に模した緻密な工藝品であったことだろう。

女性の豔麗さを一層際だたせる華麗な裝身具とは別に、官位を示す冠にも蟬の飾りが用いられていた。冠の種類を體系的に記した『後漢書』輿服志下の「武冠」の條に、「侍中・中常侍は黄金璫を加え、蟬を附して文と爲し、貂尾を飾と爲し、之を趙惠文冠と謂う」と見え、それに續けて「胡廣說きて曰く、趙武靈王は胡服に效《なら》い、金璫を以て首を飾り、前に貂尾を插し、貴職と爲す。秦 趙を滅ぼし、其の君の冠を以て近臣に賜う、と」と由來を記している。さらにその劉昭の注ではなぜ蟬を用いるかについて「蟬は其の清高なるを取る、露を飲みて食らわず」という理由を記しているが、それはあとから附加された意義であろう。女性の裝飾品にしても、冠の飾りにしても、天然の蟬が備える精緻精巧な形狀こそ、蟬が選ばれたゆえんではなかったか。もっとも蟬を高潔の象徵とするのは、後述するように中國の蟬の中心的なシンボリズムとして機能し續けるけれども。

蟬の形狀への關心は、このように服飾品としての蟬に生き續けるが、文學のなかでは蟬の形にことさらに注目した例は多くない。たとえば西晉・傅玄の「蟬賦」に、

含精粹之貞氣兮　　精粹の貞氣を含み

體自然之妙形　自然の妙形を體す

という二句が含まれるなど、蟬の形への言及もないではないが、高村光太郎のように形だけ取り上げてもっぱらそれを唱うという例は見られない。

蟬は、考えてみればもともと豊かな意味を含んだ生き物である。上に述べた形そのものの視覺的なおもしろさ以外にも、地中に長く潛んで、外に出たあとはわずかな時間しか生きないというはかない生涯、抜け殻をのこして羽化するその神祕的な生態、いかにも文學的なモチーフにふさわしそうな特徴を數多く備えているかに見える。それらは中國における言述のなかでも早くから着目されている。短命の代表としては、『莊子』逍遙遊篇の「朝菌は晦朔を知らず、蟪蛄は春秋を知らず」。『經典釋文』の引く司馬彪の注に「蟪蛄は寒蟬なり。……春生じて夏死し、夏生じて秋死す」。羽化については、『淮南子』說林訓に、「蟬は飲みて食らわず、三十日にして蛻す」という。「蟬蛻」、「蟬脱」は比喩的な用法が定着しているほど熟した語である。

ところが、のちの中國の文學のなかで有力に意味を發揮し續けるのは、蟬が露しか口にしない淸らかな生き物である（と考えられていた）こと、秋の時節に鳴くこと、ほぼその二點に集約され、それ以外の特性は言及されることがないではないにしても、目立たない。我々にはすぐ連想される「空蟬《うつせみ》」などは、中國では定着していないのだ。これには彼我の文學の基本的な性質の違いが關わっている。「うつせみ」も、『萬葉集』においては單に「この世」「この世の人」を意味していたのが、平安朝以後、佛教思想が廣まるとともに「空蟬」「虛蟬」の表記が「はかない」という意味を伴なうことになったというが(3)、この世をはかないものとする觀念は佛教に由來するにしても、日本ではそれが文學の中心的なテーマとして浸透し、享受されたからであろう。蟬の壽命の短さや羽化の生態が中國で多く言及されないのは、この世のはかなさを唱うことが中國の文學の基本的な性質でないことと關わっている。「推移の悲哀」を唱う抒情は中國にもあるにしても、しかしそれは中國の文學の中心をなすものではない。人の生をはかないものと認識しながらも、それに抗して生きようとする意志を唱うところにこそ、中國の文學の獨自性がある。はかない生き物として蟬を捉えるよりも、露しか飲まない高潔さが文學のなかの蟬の主要な特性となっているのは、中國の文學が士大夫の精神の表明であるからである。

蟬が露しか飲まないということは、『淮南子』には上に引いた說林訓のほか、墜形訓にも「蟬は飲みて食らわず」、『呉越春秋』夫差內傳には「夫れ秋蟬は高樹に登り、淸露を飲む。風に隨いて撝撓《ゆれうご》き、長吟悲鳴す」、『孔子家語』執轡に「蟬は飲みて食らわず」、などなど。それは『莊子』逍遙遊篇の神人の姿とも重なり合って、世俗の汚濁から免れた淸らかさを伴なう。「藐《とお》き姑射《こや》の山に神人の居る有り。肌膚は冰雪の若く、淖約たること處子の若く、五穀を食らわず、風を吸い露を飲み、雲氣に乘りて飛龍を御し、四海の外に遊ぶ」。ちなみに、西歐の傳承でも蟬は露しか口にしないと信じられていたという(4)。

蟬の鳴き聲については、『禮記』月令、孟夏に「蟬始めて鳴く」とあり、孟秋に「涼風至り、白露降り、寒蟬鳴く」と、秋の自然現象のしるしとして擧げられている。「悲秋」の文學の定着とともに、秋の景物を代表するものとして、蟬の鳴き聲が取り上げられていく。その聲は秋の季節感と結びついて物悲しい情感を誘うものとされるが、時にはたとえば韓愈の「薦士詩」のように、鳴き聲のかしましさを言う場合もある。南朝後期の文學を否定する敍述として、「齊梁より陳隋に及びては、衆作　蟬の喧《さわ》ぐに等し」。いずれにしても、蟬はその鳴き聲が他の身體的特徴を壓して眞っ先に取り上げられるのである。

高潔な生き物、そしてまた秋の景物を代表する鳴き聲といった、中國の文學に用いられる蟬の特徴は、かなり早い時期に固定し、それが文學的因襲のなかで強固に持續して用いられていく。時代の變遷のなかで、新たに蟬に付與される意味というものはほとんどない。しかし詩が用いる蟬の意味は一定しているにもかかわらず、それを用いた詩自體はやはり時代に應じて變わっていく。小論では蟬を唱った中國の詩を通して、詩というものが、時代を通して詩の因襲を繼承していく面、時代につれて創新されていく面、その雙方を含みながら展開していくありさまの一端を見ていきたい。

二　先秦の蟬

セミにあたる字は、蟬一字に限らない。『爾雅』ではその「釋蟲」の、疏に「此れは蟬の大小及び方言の同じからざるの名を辨ず」とまとめられる箇所に、「蜩、蜋蜩、螗蜩、蚻は蜻蜻、蠽は茅蜩、蝒は馬蜩、蜺は寒蜩、蜓蚞、螇螰」などの字が竝べられている。

揚雄『方言』巻一一では、「蟬は、楚は之を蜩と謂い、宋・衞の間は之を螗蜩と謂い、陳・鄭の間は之を蜋蜩と謂い、秦・晉の間は之を蟬と謂い、海岱の間は之を蛉と謂い、其の大なる物は之を蟧と謂い、或いは之を蝒馬と謂い、其の小なる者は之を麥蚻と謂い、文有る者は之を蜻蜻と謂い、その雌蜻は之を疋と謂い、大にして黑き者は之を䘆と謂い、黑くして赤き者は之を蜺と謂い、蜩蟧は之を蓋蜩と謂い、䗶は之を寒蜩と謂い、寒蜩は瘖蜩なり」という。

　このように蟬は地方による名稱の違い、蟬の種類の違いから樣々な呼び名、またそれに對應した字をもっていただろうが、文學のなかでは、「蟬」、「螗」、「蜩」の三字以外にはほとんど使われることはなく、それも時代が下るにつれて「蟬」一字に收斂していく。

　ただし、『詩經』のなかには「蟬」の字は見えず、「螓」「蜩」「螗」などの字が用いられている。このことは『詩經』の基盤が後代の文學と異質であることの一つとして、別に考察されるべき問題であろう。

齒如瓠犀　　齒は瓠犀の如く
螓首蛾眉　　螓の首　蛾の眉　（「衞風・碩人」）

美しい女性の容姿を述べた部分。「螓首」とは毛傳によれば「顙《ひたい》廣くして方《しかく》」なるをいう。

四月秀葽　　四月　葽《よう》秀で
五月鳴蜩　　五月　蜩鳴く　（「豳風・七月」）

季節を月ごとに分節し、それぞれの時期を代表するものを列擧したなかで、「五月」、すなわち盛夏の風物としては「蜩」の鳴き聲が擧げられている。ただし、以後の中國の文學のなかで、蟬の季節は一般には秋である。日本ではたとえば俳句で夏の季語とされているように、夏の風物として捉えられていることと、これも彼我の相違を示す。

菀彼柳斯　　菀たる彼の柳

鳴蜩嘒嘒　　鳴蜩　嘒嘒《けいけい》たり　（「小雅・小弁」）

蟲は自足しているのに人の心は不安定である、と續く「興」である。

如蜩如螗　　蜩の如く螗の如く
如沸如羹　　沸くが如く羹の如し　（「大雅・蕩」）

文王の目から見た殷の混亂、擾亂のさまをたとえる。

セミによって季節をあらわすこと、セミの鳴き聲を「嘒嘒」という語であらわすこと、やかましく鳴きたてるセミを混亂の比喩に用いること、いずれも後の時代に引き繼がれていくが、しかし後代、蟬を詠じた文學の中心となる、個人の身を蟬になぞらえることは、『詩經』にはまだ見られない。『楚辭』においても、セミはその羽が輕いものの代表として、或いはまた秋の季節をあらわすものとして擧げられるに過ぎない。

世溷濁而不清　　世は溷濁して清からず
蟬翼爲重　　蟬翼をすら重しと爲し
千鈞爲輕　　千鈞をすら輕しと爲す　（「卜居」）

燕翩翩其辭歸兮　　燕は翩翩として其れ辭し歸り
蟬寂漠而無聲　　蟬は寂漠として聲無し　（「九辯」）

歲暮兮不自聊　　歲暮れて自ら聊《たのし》まず
蟪蛄鳴兮啾啾　　蟪蛄鳴きて啾啾たり　（「招隱士」）

漢・王褒「九懷」に至って、

林不容兮鳴蜩　　林は鳴蜩を容れず
余何留兮中州　　余　何ぞ中州に留まらんや
（「九懷」危俊）

と、世に容れられない賢人の比喩としてセミがあらわれる。これは不遇の士人を蟬にたとえる後世の類型の、最も早い例といえようか。とはいえ、蟬が士大夫の形象として定着するのは、後漢以後まで待たねばならない。

三　魏晉以後の蟬の賦

後漢から魏晉南北朝を通じて、蟬を主題とした賦がかなりのこされている。今見られる早い作品に、後漢・蔡邕の「蟬賦」、班昭の「蟬賦」があるが、いずれも類書に數句ずつしか錄されていないので、ここではまとまって見ることのできる曹植「蟬賦」を擧げよう。以後に書かれる蟬の賦も、おおむねはこの曹植の作を原型としている。

惟夫蟬之淸素兮、潛厥類乎太陰。在盛陽之仲夏兮、始遊豫乎芳林。實澹泊而寡欲兮、獨怡樂而長吟。
聲皦皦而彌厲兮、似貞士之介心。內含和而弗食兮、與衆物而無求。棲高枝而仰首兮、漱朝露之淸流。
隱柔桑之稠葉兮、快閒居而遁暑。苦黃雀之作害兮、患螳蜋之勁斧。冀飄翔而遠托兮、毒蜘蛛之網罟。

欲降身而卑竄兮、懼草蟲之襲予。免衆難而弗獲兮、遙遷集乎宮宇。依名果之茂陰兮、托修幹以靜處。有翩翩之狡童兮、歩容與於園圃。體離朱之聰視兮、姿才捷於獮猿。條罔葉而不挽兮、樹無幹而不緣。翳輕軀而奮進兮、跪側足以自閑。恐余身之驚駭兮、精曾睨而目連。持柔竿之冉冉兮、運微黏而我纏。欲翻飛而逾滯兮、知性命之長捐。委厥體於庖夫、熾炎炭而就燔。秋霜紛以宵下、晨風烈其過庭。氣憯怛而薄軀、足攀木而失莖。吟嘶啞以沮敗、狀枯槁以喪形。

亂曰、詩歎鳴蜩、聲嘒嘒兮。盛陽則來、太陰逝兮。皎皎貞素、侔夷節兮。帝臣是戴、尚其潔兮。

（丁晏『曹集銓評』巻三による）

いったい蟬は清らかなもので、その類は地中に潜んでいる。陽氣盛んな眞夏になると、はじめて樹林に遊ぶのである。まことに淡泊で無欲、ひとり喜んで鳴き續けている。聲は高らかでいよいよ激しくなり、高士の操堅い心に似ている。心の中はおだやかで何も食べず、萬物とともにあって求めることをしない。高い木を住みかとして頭をもたげ、朝露の清らかな水をすすっている。柔らかな桑の密集した葉のなかに隱れて、靜かな暮らしを樂しんで暑さを避けていた。（しかし）黄雀が害をなすのに苦しめられ、かまきりの強い斧に惱まされる。空を翔けて遠くへ身を寄せたいと願ってみても、蜘蛛の網が恐ろしい。舞い降りて低い場所に隱れようとすれば、草の中の蟲が襲ってくる心配がある。様々な難儀を避けようとしても詮方なく、遙か遠く宮殿に移ってきた。めずらかな果樹の影に身を寄せ、高い樹木について靜かに暮らそうとした。（ところが）生意氣な惡童が、ぶらりと庭園にやってきた。離朱（離婁）のような視力を備え、猿のような敏捷な様子である。枝には葉がなければ引くこともできず、木には幹がなければ寄ることもできない。身輕な體を隱して突進し、つま先立ちに歩きながら身を隱す。我が身が脅かされることを恐れて、目を凝らしてじっと見つめると、しなやかな竿を手にして、わずかなモチを操って私をくっつけた。飛び立とうとしたが動けず、命はここまでと知った。身を料理人にゆだね、燃えさかる火のなかで燒かれたのである。秋の霜が夜のうちに下り、朝の風が庭を吹き過ぎていく。怯える思いが體にまで迫り、足は木によじ登ろうとして足場を失う。鳴き續ける聲も途切れ、姿も枯れ細って形もくずれた。

亂にいう、詩篇では、「嘒嘒」と鳴くセミを嘆いている。眞夏に現れて、冬には去りゆく。輝かしい德は、かの伯夷の操にもかなう。皇帝の家臣は冠に戴き、その高潔さを尊ぶ。

蟬は露しか口にしない清潔な生き物であるという特性が、この賦全體の基調となり、淡泊、無欲なその性格が、「貞士の介心」に比擬されている。蟬の諸々の特徵のなかから高潔さを取り上げて、それを士人、或いは士人たる自己になぞらえるのは、以後の蟬の文學の基本となる。晉・傅玄、孫楚の「蟬賦」、郭璞「蟬贊」、陸雲、宋・顏延之の「寒蟬賦」、梁・蕭統「蟬賦」・「蟬贊」……、その流れは蕭穎士「早蟬を聽く賦」、歐陽脩「鳴蟬賦」など、唐宋にも及んでいる。

蟬をこのように形象化した賦が、後漢後期から魏晉にかけての時期に出現し、それが後の時代にも引き繼がれていくことは、士大夫という概念が定着していく過程と竝行しているといえよう。蟬の高潔な生き方というものを描くことによって、そこに士大夫の精神のありかたを表しているのである。

曹植は高潔な資質を備えた蟬を描くにとどまらず、見落としてならないのは、その蟬が高潔なるがゆえに虐げられる弱者であるということだ。寓話のようなストーリー性をもつその賦のなかで、蟬は野外にあっては「黄雀」「螳蜋」「蜘蛛」「草蟲」の攻撃にさらされ、宮中に逃げ込んでは「狡童」のモチ網にからめ取られて料理されてしまう。以後の蟬の賦、ないし蟬を唱った詩においても、蟬に己れの姿を寓した場合には、ただに高潔であるのみならず、高潔であることによって虐げられざるをえないという敗者の悲哀、嗟嘆が必ず伴なう。士大夫たちは蟬の淸らかでありつつ弱々しいその姿に、己れを投影し、そうすることによって慰撫を得たのであろう。高潔さと併せて弱い存在であるという蟬の形象は、曹植の「蟬賦」のなかですでに固まっているのである。補1

四　南朝宮廷の詠物詩と北朝の蟬の詩

南朝の宮廷文學において、蟬は詠物詩の對象として登場する。宮廷の詠物詩の題材はかなり狹い範圍に限定され、王侯貴族の邸宅内外の華やかな品々、とりわけ室內を彩る華麗な調度品、女性の身を飾る服飾品、さらには女性そのものが唱われ、自然物としてはせいぜい庭園のなかに見られる物に限られる。そうした詠物詩の世界で、蟬は庭園の小動物として選ばれる數少ない題材の一つである。詠物詩としての蟬の詩には、上述のような士大夫を形象化した、高潔でありながら不幸な境遇にあるという蟬の姿は稀薄である。たとえば陳・江總「詠蟬詩」にいう、

白露涼風吹
朱明落照移
鳴條噪林柳
流響遍臺池
忖聲如易得
尋忽却難知

白露　涼風吹き
朱明　落照移る
鳴條　林柳噪しく
流響　臺池に遍し
聲を忖《はか》れば得易きが如きも
尋ぬれば忽として却って知り難し

秋のしるしの白露が降り、冷たい風が吹く秋がやってきて、夏のしるしの太陽は西へ傾いた。枝が音をたて、林の柳の木に騒がしく響いている。流れ出た響きは臺・池、庭一面に擴がる。聲から推し量るとどこにいるかすぐ分かりそうなのに、その姿を探そうとすると、ふいに今度はどこにいるか分からなくなってしまう。

この詩では、蟬は秋の季節を代表するものとして、そしてまたその耳につく鳴き聲が捉えられ、それ以外の意味は使われていない。秋になって蟬が鳴き立て、その聲は聞こえるのに姿はなかなか見つからないという、生活のなかで遭遇した一つの小さな驚き、それが詩の核となっている。蟬はその鳴き聲は顯著なのに、姿を見定めようとするとなかなか見つからないということは、ほかの詠物詩にも唱われている。梁・沈君攸「陸廷尉の早蟬に驚くに同ず」詩のなかの、

望枝疑數處　　枝を望んで數處を疑い

尋空定一聲　空を尋ねて一聲を定む

という二句も、木のなかで鳴いているのは何匹かのようで、空中を飛ぶところを捜して一匹を目に捉えたことをいう。江總の「詠蟬詩」が蟬の鳴き聲を耳にしながらその姿は見付けられないという、日常のなかで起こりうるこのような經驗を詩句に捉えたものとすれば、生活の中に人がみつける小さな發見、驚き、それを詩の核として唱っているものである。

最後の二句は寓意として解釋する可能性もある。しかしそれが何を寓意しているかは追跡できない。それはこの詩が作られた場においてのみ、その場に居合わせた人々の間でのみ、理解可能なことである。想像すれば、たとえば歌妓のような、歌聲は聞かせるものの姿は見せないような存在をからかったものであろうか。寓意が何であるにせよ、それは遊びの世界に屬しているものであろう。作者個人の深刻な自己表白ではないし、士大夫の精神を表明したものでもない。寓意があるとしても、遊戯的な性格から脱することはない。

寓意が分からない今、このまま宮廷の暮らしの中のちょっとした驚きを詩に取り上げたものとしても十分に讀める。蟬という小動物のもっている一面、それを見付けて詩にするという點で、この詩は宮廷の詠物詩たりえている。南朝の蟬を對象とした詠物詩は、おおむねこのような範圍のなかの詩である。

南朝で蟬を詠物詩の對象の一つとして唱っていたのと同じ時期に、北朝では蟬に觸發されて自己の感慨を唱うという、先の「蟬の賦」に連なり、次の唐代の蟬の詩に引き繼がれる詩が生まれていた。『隋書』卷

五七、盧思道傳にいう、「周の武帝　齊を平らぐるや、儀同三司を授けられ、追って長安に赴く。同輩の陽休之等數人と蟬の鳴くを聽く篇を作る。思道の爲《つく》る所、詞意清切にして、時人の重んずる所と爲る。新野の庾信　偏《あまね》く諸《もろ》もろの同作の者を覽て、深く之を歎美す」。すなわち北周・武帝の建德六年（五七七）、北齊を滅ぼして北方統一を果たした際、北齊王朝に仕えていた盧思道、顏延之、陽休之、李德林、薛道衡ら十八人が、長安に移されて北周の官を授けられた（『北齊書』巻四二、陽休之傳）時に、彼らの間で蟬の詩が作られたというのである。この狀況からも、そこには征服王朝に拉致された遺臣の不如意な思いが託されているであろうことが豫測できる。今見ることのできるのは、顏之推の三十四句の詩（不完全か）と、盧思道（五三五―八六）の四十句の詩である。庾信が最も賞贊したという盧思道「鳴蟬を聽く篇」から、蟬の鳴き聲に觸發されて鄕思を催すに至る前半部を擧げれば、

聽鳴蟬
此聽悲無極
群嘶玉樹裏
迴噪金門側
長風送晚聲
清露供朝食
晚風朝露實多宜

鳴蟬を聽く
此を聽けば悲しみ極まり無し
群がり嘶く　玉樹の裏
迴り噪ぐ　金門の側
長風　晚聲を送り
清露　朝食を供す
晚風も朝露も實に宜しきこと多く

秋日高鳴獨見知
輕身蔽數葉
哀鳴抱一枝
流亂罷還續
酸傷合更離
暫聽別人心卽斷
纔聞客子淚先垂
故郷已超忽
空庭正蕪沒
一夕復一朝
坐見涼秋月
……

秋日高鳴　獨り知らる
輕身　數葉に蔽われ
哀鳴　一枝を抱く
流亂　罷みて還た續き
酸傷　合いて更に離る
暫く聽けば　別人　心卽ち斷たる
纔かに聞けば　客子　淚先ず垂る
故郷　已に超忽たり
空庭　正に蕪沒たらん
一夕復た一朝
坐して見る　秋月涼しきを
……

蟬の鳴き聲を聞く。これを聞けば悲しみは果てない。宮廷の木々のなかで群れになって鳴き、宮門のまわりを巡りながら鳴く。遠くから風が日暮れの鳴き聲を送り届け、淸らかな露が朝の食事として供される。日暮れの風、朝の露はまことにけっこうではあるが、秋の日に高い木の上で鳴いている姿ばかりが目にとまる。輕い身を數枚の木の葉に覆われ、一本の木の枝を抱きながら哀しく鳴いている。あてどない流浪は終わったと思えばまた續き、悲痛な思いは胸にわだかまったり離れたり。

その蟬の聲をしばし聞けば、故郷を離れた人の心は絶えなんばかりとなり、耳にしたとたんに異土にさすらう人は涙がこぼれる。ふるさとはもはや遙かに隔たり、人もない庭は荒れ果てていることだろう。一日一日と過ぎ去っていき、なすすべもなく涼やかに澄む秋の月を眺める。……

以下、詩は華やかな長安の都で高い官位を與えられても滿たされない思い、いよいよ痛切に迫る歸還の願いを綴る。全編を貫く基調は、庾信の「哀江南賦」など、南朝文人が北朝に身を移して望鄉の思いを唱ったのと變わらない。

そうした情感が蟬の鳴き聲に觸發されて起こるところが南朝詠物詩の蟬と異なっている。ここでは蟬はもはや南朝宮廷詩のように、宮廷生活に彩りを添える愛玩の對象ではない。自己の痛切な思いを誘うものとして登場するのである。そして蟬のこうした役割は次の唐代へと連なっていく。

五　唐初の詠物詩

唐王朝の初期は、南朝そして隋に用いられた文人がそのまま登用され、主導的な役割を擔った、そのため唐初の宮廷文學には南朝の遺風が見られる、といわれてきた。蟬の詠物詩に限ってみても、たしかに唐初にも一見、南朝と同じような作品が作られている。しかしその中身を見てみると、すでに南朝のそれとは同じでない。唐初の宮廷文壇を代表する虞世南（五五八—六三八）の詩を擧げよう。虞世南は徐陵（五〇七

—八三）に認められて詩名を揚げ、陳・隋を經て唐に入って太宗に重用された、唐初宮廷詩の中心的存在であった。その「蟬」の詩（『全唐詩』巻三六八）にはいう、

垂緌飲清露　　垂緌　清露を飲み
流響出疏桐　　流響　疏桐より出づ
居高聲自遠　　高きに居れば聲は自ずから遠し
非是藉秋風　　是れ秋風に藉《よ》るに非ず

詩題に「詠」の字はないが、詠物詩の作法通りに、本文のなかで蟬といわずに蟬を唱う。「緌」はもともと冠を結んだひもが下へ垂れたのをいう。『禮記』内則、「冠緌纓」の「疏」に「纓を頷の下に結び、以て冠を固《かた》む。結びの餘れる者は、散じて下に垂る。之を緌と謂う」。それによって蟬の長いくちばしを比喩するのは、すでに『禮記』檀弓下に「范《はち》は則ち冠し蟬は緌有り」と見え、蟬を詠じた詩にも、たとえば梁・范雲「早蟬を詠ず」詩に「端緌　霄液を挹し、飛音　露の淸きを承く」などと頻見する。

この詩は、長いくちばしという形態の特徴、露しか口にしないと傳えられる食性、そしてその耳に付く鳴き聲、そうした蟬の特性が綴られている。

しかしこの詩を單に蟬を詠じたものとして讀むことはできない。一・二句はまだしも、三・四句に至ると、そこに寓意性を感取せざるをえない。なぜなら、蟬の聲は秋風にたよらなくても、高い木の上にいる

ためにおのずと遠くまで響きわたるということは、蟬について述べているよりも、それとは別のより重要な意味を含んでいるかに思われるからである。

寓意性を含んだ詩として讀み直してみると、この詩は初めから二重の意味をもっていることが分かる。すなわち①蟬の意味系列、②高士の意味系列　である。

1　垂緌飲清露
①長いくちばしという蟬の形態の特徴的部分　露だけを飲むという蟬の食性。
②冠の紐＝官位に就いている者　清らかな精神。

2　流響出疏桐
①蟬の鳴き聲が桐の木から響きわたる。
②名聲が桐という高潔な木から廣がる。

3　居高聲自遠
①蟬は高い木の上にいるので、遠くまで鳴き聲が響く。
②高邁な精神をもっているために、名聲はおのずと遠くまで傳わる。

4　非是藉秋風
①秋風の力を借りて鳴き聲が運ばれるわけではない。
②他の媒介手段（風聞、噂、世評といった外部の別の力）によって名聲が遠くまで傳わるというわけでは

ない。

このように詩句のいずれもが二重の意味、蟬の描寫と高潔な人士との二重性を帶び、雙方を含むかたちで詩が構成されている。寓意性はこのようにして機能を發揮している。高潔な人士というもう一つの意味系列が浮かび上がってくるのは、儒家のイデオロギーを根幹とする中國士大夫の詩において、高潔な人士という理念が、確固たる型に定着してすでに用意されているからである。その理念が讀み手にも共有されているために、それに合致する意味が字面の蟬の敍述を透かして、一句ごとに浮かび上がる。そして二つの意味系列はどちらか一方だけでも十分に詩を成立させているのである。すなわち詩の寓意性とは、詩がAとBとの二つの意味系列を含み、いずれもそれだけで詩の意味を一應成り立たせること、且つAとBとはあくまでも重ね合わされた「二つ」の意味系列であって、兩者が解け合って一つの意味を生むことはないこと、そうした構成によって成立していることがわかる。

詩にこのような寓意性を讀みとることは、中國の古典詩の文學環境においてはごく普通のことであった。なぜ表層の意味の下に作者が言いたい別のことを込めるのか、直接言わないのか。すぐ思いつくのは、直接公言することがはばかられるような內容を表明するためにこうした二重構造が仕組まれるという考え方である。しかしそうした現實のレベル、詩の外側のレベルに理由をすべて求めるよりも、詩の內部に理由があるだろう。一つは中國の古典詩は士大夫が擔うために、士大夫としての理念の表明であることを要求される。しかしそれを直敍することは、詩の文藝としての性格にそぐわない。それゆえにもう一つの意味系列（表層の意味）をもつのである。蟬の賦が常に「賦」の文體によっていたことも同じ理由によるだろう。蟬の賦にこめる主張を表明するためだけならば、「論」などの文體を用いた方がより直截であろうが、「賦」というより文藝的ジャンルが、蟬に託して己れを表現する器として有効なのである。

虞世南の蟬の詩がどのような寓意をもち、それがどのように受け取られたか、理解を助ける資料はないが、初唐期における他の寓意詩によって、類推は可能である。虞世南と同じ時期の李義府「詠烏」（『全唐詩』巻三五）にいう、

日裏颺朝彩　日裏　朝彩に颺がり
琴中伴夜啼　琴中　夜啼に伴なう
上林如許樹　上林　かくばかりの樹あるも
不借一枝栖　一枝の栖むをすら借さず

太陽の中にあっては朝日の光を浴びて舞い上がり（太陽の中に烏がいるという傳承による）、琴の中にあっては烏夜啼の歌の伴奏をする（樂府「烏夜啼」などを指す）。天子の上林苑にはかくも多くの樹木があるというのに、住むためには一枝すら貸してくれない。

この詠物詩も烏の意味系列と、もう一つの寓意的な意味系列が重なりあっているかに見えるが、それに關して次のような逸話がある。『隋唐嘉話』巻中に、「李義府始めて召見され、太宗試みに烏を詠ぜしむ。

其の末句に云う、上林多許《あまた》の樹、一枝の棲むを借さず、と。帝曰く、吾全樹を将《もっ》て汝に借さん、豈に惟だ一枝のみならんや」。この話は『唐詩紀事』にも見える。それらによってこの詩が作られた周圍の狀況というものが浮かび上がってくる。すなわち李義府が朝廷にポストのない不滿とそれを得たいという期待を含めたものであり、太宗がそれを察知して一枝どころか全部の木を貸してあげようと答えたというのである。烏が枝を借りることを君主のもとに仕官することの比喩とするのも傳統的なもので、曹操「短歌行」の後半に、「月明らかに星稀れにして、烏鵲南に飛ぶ。樹を繞ること三匝、何れの枝にか依るべき。山は高きを厭わず、海は深きを厭わず。周公哺を吐き、天下心を歸す」と、烏が枝に依ることによって家臣が自分に歸屬することを比喩している。

李義府の「烏」の詩のように詩の周圍の狀況が記錄されているのはごく稀であって、それがない詩の場合、寓意性があるのは察知されても何を寓意しているのかまで理解できないことが多いが、李義府のこの詩と逸話から、初唐のまさに太宗の朝廷で詠物詩がこのように寓意性をこめて作られていたことがわかる。太宗の詩の師であった虞世南の蟬の詩も當然そのような寓意がこめられていたであろう。初唐、太宗の時代であるという文學史的事實が詩の讀解を助けるのである。

虞世南は周知のとおり、南朝宮廷の文學環境のなかから出現した詩人であるが、唐初の宮廷で重用された彼は、南朝宮廷詩と同じものを作っていたわけではない。南朝の詠物詩を引き繼ぎながらも、そこに如上のような寓意性をこめるという變貌を遂げていたのである。

六　自己表白としての詠物詩
――駱賓王「在獄詠蟬」――

駱賓王の「在獄詠蟬幷序」詩が作られた經緯は、ふつう以下のように説明されている。高宗の儀鳳三年（六七八）、侍御史であった駱賓王は上疏した文が武則天の逆鱗に觸れ、收賄容疑の誣告を受けて逮捕された。獄中に囚われの身となった駱賓王は、蟬の鳴き聲に託して冤罪の悲哀を詠った、と。その序にいう、

余禁所、禁垣西、是法曹廳事也。有古槐數株焉。雖生意可知、同殷仲文之枯樹、而聽訟斯在、卽周邵伯之甘棠。毎至夕照低陰、秋蟬疏引、發聲幽息、有切嘗聞。豈人心異於曩時、將蟲響悲乎前聽。嗟乎、聲以動容、德以象賢。故潔其身也、稟君子達人之高行。蛻其皮也、有仙都羽毛之靈姿。候時而來、順陰陽之數。應節爲變、審藏用之機。有目斯開、不以道昏而昧其視。有翼自薄、不以俗厚而易其眞。吟喬樹之微風、韻資天縱。飲高秋之墜露、清畏人知。僕失路艱虞、遭時徽纆。不哀傷而自怨、未搖落而先衰。聞蟪蛄之流聲、悟平反之已奏。見螳螂之抱影、怯危機之未安。感而綴詩、貽諸知己。庶情沿物應、哀弱羽之飄零。道寄人知、憫餘聲之寂寞、非謂文墨、取代幽憂云耳。

私の獄舎は、宮城の西にあり、法曹の廳舎である。えんじゅの古木が數本あり、生氣があることは分かるが、失墜した晉の殷仲文が府廳の前の老槐を見て「復た生意無し」と嘆いたのと同じよう

な古木である。訴訟の場であるここは、かの周の召伯が甘棠の木の下で訴訟を判決した（『詩經』召南、甘棠）というのと同じである。毎日、夕日が日影を低く垂れ込める頃になると、秋の蟬がかすかな聲を引く。聲を發しては低く消えていくのは、以前に聞いた時よりも胸に切なく響く。聞く人の心が昔と違うのだろうか、それとも蟲の響きが前に聞いたのより悲しいのだろうか。ああ、その聲は聞く人のかんばせを動かし、その德は賢者に似ている。それゆえその身を高潔にするのは、達人君子の高邁な行動を生まれながらに持っているものである。その脫皮するのは、仙人の國へ羽化登仙する神祕な姿がある。季節を伺ってやってくるのは、陰陽の秩序に從い、季節に應じて變化するのは、出處進退の機微をわきまえているのである。目はしっかり開いて、道が暗いからといって視野を暗くすることはない。薄い羽があって、俗が厚いからといってその貞節さを變えることはしない。高い木の微風を受けて吟じ、その調べは天眞爛漫そのものである。秋の高い空から落ちた露を飲んで、その淸らかさは人に知られることを畏れている。私は道に迷って難儀を重ね、罪人を繫ぐ黑い繩に掛かってしまった。悲しむよりも自分が恨めしく、木々が枯れ落ちるより先に自分の身が衰えた。壽命の短い蟬の聲を聞いて、再審がすでに上奏されたことを知り、かまきりが影を抱くのを見て、危險がまだ去っていないのにおびえている。感ずるところがあって詩を作り、これを友人に送る。どうか、人の感情が外物に沿って反應し、弱い羽が風に舞うのを憐れんでくれることを、自分の正しさを人に屆けて理解してもらい、殘った聲の寂しさを憐れんでくれることを願う。文學がどうこうというのではない、ただ深い憂愁に取って代えるまでのことである。

西陸蟬聲唱　　西陸　蟬聲唱い
南冠客思侵　　南冠　客思侵す
那堪玄鬢影　　那ぞ堪えん　玄鬢の影の
來對白頭吟　　來りて白頭の吟に對するに
露重飛難進　　露は重くして飛ぶも進み難く
風多響易沈　　風は多くして響きも沈み易し
無人信高潔　　人の高潔を信ずる無し
誰爲表予心　　誰か爲に予が心を表さん

太陽が西陸を行く秋の季節、蟬の聲がしきりに歌っている。春秋・楚の鍾儀は晉の捕虜になっても南方楚の國の冠をかぶり續けたというが（『左傳』成公九年）、蟬の鳴き聲を聞くと南の國から來て囚われの身は異土にある悲しみに胸が痛む。黑い髪をもった蟬の影がやってきて、白髮の人の歌聲に向かい合う、それがなんともせつない。露が重く降りて飛ぼうにも進みにくいし、風が強く吹いて鳴き聲も低く沈んでしまいがちだ。身の高潔を信じてくれる人はいない。いったい誰が私の心を外に明らかにしてくれるのだろうか。

この詩を蟬と詩人との關わりという點から讀み直してみよう。一・二句では、秋の季節にふさわしい蟬の聲、それを聞くことによって、異土に囚われの身となっている自分の悲哀がいっそう深まるという。蟬の聲は詩人の悲しみを增長させるものではあるが、兩者はまだ別々の存在である。

三・四句では蟬と自分とが「玄鬢」「白頭」の色の對比によって對峙し、悲哀は耐え難いまでに高まる。兩者の關係は「來對」という動詞によって示されているように、向かい合う別の存在であるが、色の對比とともに共通性によっても兩者は結びついている。蟬の悲痛な鳴き聲の奧にあるであろう心情と、詩人の内面の痛切な思いとが共通し、通じ合うからこそ「那堪」、耐え難いものとなる。對比の基盤となるこの共通性が、次の聯の蟬と自分との一體感を導き出す。

五・六句は表層においては蟬が秋深まり、露や風がつのるという冷たい狀況のなかで、飛ぶ、鳴くという蟬本來の行動が妨げられることを言うが、それは同時に詩人が嚴しい狀況、具體的には武則天の權力から壓力を受けている苦しい狀況を重ね合わせている。ここに至ると、蟬は表面に、詩人は裏面にというかたちで、重ね合わされている。一つの表現が二重の意味をもつ（秋風のなかで痛めつけられている蟬と酷薄な政治狀況のなかで行動を妨げられている自分）、という點で、この二句は寓意性をもつ。

七・八句は蟬の特性の一つ、高潔さを述べることによって蟬の意味系列にも連なるが、表面に出てくるのは詩人の方である。獄中にあって潔白を主張しながらも自分の高潔さを明らかにしてくれる人がいない嘆き。

すなわち、この詩では秋の風物としての蟬、それを獄中で耳にする詩人という、二つの存在で始まり、それが對比されつつも一つに重ね合わされ、その重なりから蟬を表に述べつつ詩人の境遇を唱い、さらに詩人を表に返して自己の表白に終結するというかたちをとっている。

駱賓王のこの詩は寓意詩といえるだろうか。寓意詩は二重の意味を含み、それぞれが完結した意味系列として機能していなければならなかった。虞世南の詩も李義府の詩もいずれも蟬・烏の詩として蟬・烏についての意味系列が一貫して最後まで働いている。蟬・烏の詩としても讀めるのである。ところが駱賓王の詩の場合、蟬と囚人とを別々の意味系列として切り離すことはできない。蟬だけの詩、ないし囚人としての悲嘆を歌う詩、いずれか一つとして讀むことはできない。初め、蟬と自分との出會いから出發したのが、蟬の中に作者は自分自身の投影を見て、やがて一つに化し、兩者が融合したところに感慨を催しているのである。ここでは寓意ではなくて、融合、一體化なのだ。この場合、詩人の心情は蟬に誘發されて起こるという自然な流れが添えられ、また蟬自體の形象も具體性を帶びることになる。

蟬を題材とした詩が、南朝の宮廷詩においては江總の詩に見られたように、もう一つの意味を伴なわない、或いは伴なうとしてもせいぜいその場の座興に供する程度の輕い意味の、單に蟬を詠じた詩であったのが、初唐の最も初期の、南朝の遺風ののこる太宗の時期における虞世南、李義府、彼らの時代においては詠物が寓意として展開されることとなり、初唐も四傑と稱される、盛唐に向かって一歩近づいた駱賓王になると、寓意を離れて對象と自己との融合が詩に結實される、という詩の變化があとづけられたと思う。

駱賓王の詠蟬の詩は、蟬に寄せて人の心を唱う際の、蟬と人の關係を表現する手法の違いよりも、さらに大きな差異をもつ。すなわち罪なくして囚われた自分の痛恨、怨みを唱うという深刻な内容、その思いの強烈さである。冤罪を嗟嘆するテーマは、中國古典文學の傳統の中ではまず屈原の離騷など『楚辭』の一連の作品が最初に位置して、中國詩の歌うべきテーマの一つとしての傳統を形成している。それはふつうには世間に認められない自分、世に容れられない悲哀、といった不遇の人士の思いを歌う型として機能するが、駱賓王の場合は牢獄に捕らえられたという状況が屈原の冤罪テーマをより尖鋭なかたちで直接に表明している。同じ蟬の詩でも、蟬に重ねられて唱われる心情が、それまでの詠物詩とはまるで異なる、切實な思いの表白になっているのである。それは「序」のなかで駱賓王自身が、「文墨を謂うに非ず、取りて幽憂に代うとしかいう」というのにも、これが文學のための文學でなく、心中の憂愁から吐き出さざるをえない、やむにやまれぬ思いの表白であることを語っている。詩題は單に「詠蟬」に作るテキストもあるが、通行している「在獄詠蟬」という詩題は、それが作者自身の手になるか否かはともかくとして、「詠蟬」という詩題が喚起する南朝貴族的な雰圍氣を「在獄」、それとまったく對極にある場とを結びつけた逆說的な意味を帶びることになる。詩の內容も「詠蟬」という傳統的な型を襲いながら、それを優雅な貴族の遊びとしてでなく、命をも危うくされる危機的な状況の中に移したという新しい詩に變わっている。この變容はまさに南朝詩が唐詩に變容する面をあらわしているもので、南朝では優雅な遊びとしての美文學が、唐詩では眞劍な人間の精神の發露として詩に精神性を盛り込むものとなっていくのである。

ただ、こうした悲壯な情調をたぎらせた詩は、作者のそのような心情に同感し、一體化して讀む場のなかでのみ機能しうるということも附け加えておきたい。たとえば、駱賓王にはこれもまた人口に膾炙した「易水送別」の詩がある。

此　地　別　燕　丹　　此の地　燕丹に別る

壯士髮衝冠
昔時人已沒
今日水猶寒

壯士　髮　冠を衝く
昔時　人已に沒し
今日　水猶お寒し

いうまでもなく、燕の太子丹が秦王政を暗殺すべく、荊軻を見送った『史記』刺客列傳の故事を唱ったもので、『史記』に引かれた荊軻の歌、「風蕭蕭として易水寒く、壯士一たび去って復た還らず」、その雰圍氣を再現しつつ、それに同化して駱賓王自身の悲壯な決意を表明したものである。この詩も初唐詩がすでに南朝の美文學から脱皮して雄渾な方向へ動き出していることを示しているだろう。

ところが與謝蕪村は同じ荊軻の故事を用いて、その悲劇性を茶化してしまう句を作っている。

易水にねぶか流るる寒さかな

ねぶか（ネギ）の白い色が寒さという感覺に繫がっているが、易水という歴史的な悲劇の場とねぶかという日常的野菜とを取り合わせた面白さ、ねぶかがぷかぷか流れてくる映像のもたらす滑稽さ、そうした工夫が悲劇として受け止められてきた認識の枠組みを笑い飛ばし、無化してしまうのである。悲劇は位相をずらせば容易に喜劇にすりかわってしまう。優美な遊戲文學から、自己の切實で悲壯な思いの表白へと詩が轉換したのは、確かに一つの變化ではあるが、自分の思いが切實である作品だけが優れた文學になるというわけではない。蕪村のようなもう一つの文學も可能なのである。

七　杜甫の蟬

ここまで見てきた蟬の詩は、寓意性の程度に違いはありながらも、蟬という蟲に對して人間的な「意味」を付與し、その「意味」をめぐって蟬を唱ってきたものであった。蟬が樹液を食物としていることを我々は知っているけれども、過去の中國では蟬は露しか飲まないと考えられ、そのことから清潔、高潔という「意味」が與えられてきたのだった。秋の景物の一つとして蟬を唱っている時には、そうした意味性が稀薄で、自然の實態に卽しているかに見えるけれども、その場合でも日本では夏の蟲とされている蟬が、中國では基本的に秋をその季節とするというように、やはり文化の傳統のなかに組み込まれて認識されていることは免れない。秋の季節に屬するがために、蟬の鳴き聲を聞くことによって客遊の悲哀、望鄕の思いが湧き起こる、というかたちの抒情は、唐代の蟬を唱った詩にことに多く見える。一例を擧げれば、晩唐の于武陵（名は鄴、字が通行。生卒年不詳）の「客中　早蟬を聞く」詩（『文苑英華』巻三三〇）にいう、

江頭一聲起　　江頭　一聲起こり
芳歲已難留　　芳歲　已に留め難し
聽此高林上　　此れを高林の上に聽けば
遙知故國秋　　遙かに知る　故國秋なるを

應催風落葉　應に催すべし　風の葉を落とすを
似勸客回舟　勸むるに似たり　客の舟を回らすを
不是新蟬苦　是れ新蟬の苦しむるにあらず
年年自可愁　年年　自ずから愁うべし

尾聯にいうように、愁苦は詩人の内にもともと藏されているものであるが、それを觸發するのが蟬である。蟬の鳴き聲から秋の氣配を察し、凋落の秋の季節から旅愁、鄉愁を發するのである。
杜甫の「秦州雜詩」其四は、邊境の見知らぬ城市の秋の日暮れ時、鼓角の不氣味な音が響きわたるのを耳にしながら不安をつのらせる心情を唱うもので、直接蟬を詠じた詩ではないが、蟬は鳥とともに秋の景物として描き出され、心ならずもこの地に身を寄せる詩人の思いと結びついてはいる。が、この詩は蟬の鳴き聲から歸心を誘發されるといった類型的な抒情に收まりきらない。

鼓角緣邊郡　鼓角　緣邊の郡
川原欲夜時　川原　夜ならんと欲する時
秋聽殷地發　秋に聽けば地を殷《ふる》わして發し
風散入雲悲　風に散じて雲に入りて悲し
抱葉寒蟬靜　葉を抱きて寒蟬靜かに

歸山獨鳥遲　山に歸りて獨鳥遲し
萬方聲一概　萬方　聲一概
吾道竟何之　吾が道　竟に何くにか之く

「葉を抱く」蟬は、曹植「秋思賦」に「野草變色兮莖葉稀、鳴蜩抱木兮雁南飛（野草色を變え莖葉稀れなり、鳴蜩木を抱きて雁は南へ飛ぶ）」（『曹集銓評』巻一）と見え、それは早く『楚辭』九辯に「燕翩翩其辭歸兮、蟬寂漠而無聲。雁廱廱而南遊兮、鵾雞啁哳而悲鳴（燕は翩翩として其れ辭し歸り、蟬は寂漠として聲無し。雁は廱廱として南に遊び、鵾雞は啁哳《とうたつ》として悲しみ鳴く）」というのに連なっている。杜甫の「抱葉寒蟬靜」の句を用いた蘇軾「壽星院寒碧軒」詩では「日高山蟬抱葉響、人靜翠羽穿林飛（日高くして山蟬は葉を抱きて響き、人靜かにして翠羽は林を穿ちて飛ぶ）」と、葉を抱いた蟬も鳴き聲を響かせているが、[5] 杜甫の蟬はひっそりと聲を潛めている。本來けたたましく鳴くはずの蟬がすでに聲を揚げる力もなく、ましてや飛ぶ力もなく、葉にじっとへばりついたまま死を待っている、そうした姿が描きだされているのである。下句の「歸山獨鳥遲」――夕暮れにねぐらに歸る鳥は、陶淵明の「山氣日夕佳、飛鳥相與還」をはじめとして頻繁に唱われてきた光景であるが、ここではその鳥の飛び方が「遲」い。まるで空中に靜止するかのように奇妙に遲い鳥の飛翔が、詩人を包む周圍の不氣味な情感と一致しているのである。蕭滌非はこの二句について、「蟬が葉を抱くのも、鳥が山へ歸るのも、ともにそれぞれが所を得ていること、それとは逆に自分には身を落ち着かせる場所もないことを興す」という解釋を提起しているが、[6] 納得しがたい。本來はつがいで、或いは群れを成して飛翔するはずの鳥がここでは一羽のはぐれ鳥であり、もともとにぎやかに鳴く蟬が靜まりかえっている。「寒」「獨」といった形容詞、「靜」「遲」という述語、いずれも「蟬」「鳥」が本來あるべき狀態にないことを示している。鳴くことを顯著な屬性としてきた蟬が、ここでは鳴かずに木の葉にへばりついてじっとしていることによって、生命力の低下した、音のない不氣味な世界を思わせるのである。

蟬が登場する詩句の系譜のなかで、杜甫のこの句はいかにも異質である。秋の景物の一つとして、蟬はたしかに唱われてきた。しかしここでは季節が秋であることを傳達するために蟬を描いているだけではないし、悲秋の情感を釀し出すというだけでも收まらない。そしてまた詩人の心情を假託しているとも單純に言い切れない。蟬を詠じた詠物詩が單純に蟬＝詩人という圖式を備えていたのに對して、作者の意を反映しつつも、それだけではすまされないものを含んでいる。我々が惹きつけられるのは、この句が描き出す極めて具體的、現實的でありながらも、同時にまた象徵的な情景である。象徵というほかないのは、蟬が現實の何を表しているのか比定できないからであり、それよりも現實とは別のもう一つの確かな世界をことばによって出現させ、それが強い實在感を生み出しているのである。下句の鳥も、日暮れ時に歸っていく鳥はおなじみの風景ではある。しかしここでは「遲」の一字が、そうした類型的な景觀を破壞し、どこか非現實的な、「もう一つの世界」を創出している。蟬の詩の系譜のなかで杜甫のこの詩ははなはだ特異なものであるけれども、中國の詩の展開のなかでこれを缺かすことはできない。

八　もう一つの自己表白――李商隱「蟬」

蟬の詩の變遷の最後に、晩唐・李商隱（八一二―五八）の詩を見よう。そこでは高潔な生き方をするものとして己れと重ね合わされているという點では、これまでの蟬の詩に連續しているのだが、しかしその際の自己の捉え方には質的な大きな變化が生じているように見える。(7) 五言律詩「蟬」にいう、

本以高難飽　本《もと》より高きを以て飽き難く
徒勞恨費聲　徒らに勞す　恨みて聲を費やすを
五更疎欲斷　五更　疎にして斷えんとし
一樹碧無情　一樹　碧にして情無し
薄宦梗猶汎　薄宦　梗猶お汎《う》かび
故園蕪已平　故園　蕪《あ》れて已に平らかなり
煩君最相警　君を煩わす　最も相い警《いまし》むるを
我亦擧家淸　我も亦た家を擧げて淸し

もともと高い木の上で露しか飲まないので、いつも空きっ腹を抱えたまま。滿たされない思いを聲に發してむなしく鳴き續ける。

夜通し鳴き續けて朝が近づいた時分、鳴き聲も間遠になって今にも途絶えそうだが、そんなに鳴き續けても樹木は無情にも綠のまま、表情も變えない。

下っ端役人の自分は、水に流れ行く木彫りの人形さながら、行き着く先も知れずに漂い續けている。歸ることもできない故鄉では荒れ果ててもう草が一面に生えていることだろう。

君にはご苦勞だが、誰よりも私に向かって警告を發してもらおう。私もまた君と同樣、一族を擧げて淸らかそのものなのだ。

詩題に「蟬」と記されたあと、詩の本文にはいっさい蟬という言葉は出さずに蟬を唱うという點で、傳統的な詠物詩の手法に從っている。

前半四句は、蟬について述べている。そこで用いられている蟬の意味要素は、露を飲むだけの淸らかな生き物であること、そして已むことなく鳴き續けることである。蟬のもつこの二つは、これまで見てきたとおり、蟬の因襲のなかで受け繼がれてきたものであって、そのかぎりでは從來の詩と變わるところはない。意味を抽出してしまえば變わるところはなくても、しかしこの措辭には異なる色合いも帶びているように見える。

まず第一句。「高」い所に暮らしていることは必ずしも直接「難飽」に結びつくわけではないが、「高」は露しか飲まない蟬の崇高、孤高さをも表すものであり、それはまた自分の精神の淸らかさをも響かせ、そこまでは從來の蟬の詩に連なる。しかし「本以高難飽」というこの言い方は、露しか口にしないという蟬の生態、ないし主體的な選擇に焦點を當てているのではなく、食物を食べないために空腹を餘儀なくされているという結果の方に重心がある。露しか飲まないことを中心に述べれば、その淸廉な態度が價値づけられるのに對して、ここでは食欲を充足できない不本意な結果、食べるという生の基本を與えられない蟬の不幸が照らし出されている。

冒頭の「本」にも作者の判斷が含まれている。蟬は本來、生得的にそういうものである、選擇肢のなかからみずから選んでいるのではなくて、それがいわば宿命である、從って「難飽」という結果も當然といえば當然のことだ、という判斷。ならば、不本意な結果は本人にも周圍の人にも改めるすべはない、やむをえない必然であるという認識が含まれ、一首全體に流れる諦觀、自嘲を帶びることになる。

本來、蟬はそういうものであるのに、にもかかわらず、無駄な鳴き聲を費やしていると述べる第二句、ここには不幸が必然であるのに、なお鳴き續けることを愚かしい、空しい行爲であるとみなす判斷を帶びている。蟬（＝詩人）は「高」である以上、「難飽」は當然であると認識していると同時に、むなしく鳴き續ける愚かな存在でもある。愚かな行爲であるのは自明であるのに、それでも鳴き續けざるをえないところに、より深い不幸があることを詩は語る。

「五更疎欲斷」は、夜の間むなしく鳴き續けて、鳴き疲れ、聲が消え入りそうになっていることをいう。實際には蟬は夜明け近い時間になって鳥に先んじて鳴き出すものではある。淸・李家瑞『停雲閣詩話』に、

以余考之、蟬不夜鳴、況五更正吸露之辰、非鼓翼之候、則所云疏欲斷者、自屬臆想之誤。

私の考えでは、蟬は夜鳴くものではない。ましてや五更は露を吸っている時間であって、羽を振る

わせる時刻ではない。だから「疏にして斷えんと欲す」というのは、臆斷の誤りである。しかしそうした事實との齟齬にこだわることは無用であろう。この句は夜の更けていくにつれて途切れがちになる蟬の聲と、かくまで鳴き續ける「徒勞」がもたらす重い疲勞感を感取すれば十分なのだ。

それほどに鳴き續けても、蟬が附着している樹木は「碧」なるままであり、蟬になんの同情も示さない。「碧」という色と「無情」という感情の間には、ほかの色の場合よりも密接な冷たい繫がりがあるだろう。「一樹」はむろん、「五更」の對語ではあるが、さらに詮索を加えれば、詩人の寄るべき、ないし寄ろうとしていた、かけがえのない特定の一本の樹木といった意味を帶びうるかも知れない。

このように四句は表面上は蟬のことをいいながら、すでにそこに詩人の形象をたっぷりだぶらせている。紀昀が「前半は蟬を寫すも、即ち自ら喩う」というとおりである。前半が蟬と詩人を重ね合わせていることが自明であるので、五・六句に至って詩人の事態を直敍することが唐突な轉換であることを免れ、轉換とともに連續性が與えられている。詩人の不如意は、下級の官人のために地方を轉々として、故鄉に歸ることもできないみじめな暮らしへの嘆きであることが明らかにされる。そしてこの二句が詩人だけについて述べていることが、前半で重なっていた蟬と詩人とを分離させ、最後の二句に續く。

七・八句では蟬は「君」、詩人は「我」と稱されることによって、對峙する二つの存在となる。そして「君」は我が身の不如意を鳴き續ける行爲によって「我」に警告を發してくれる。「君」「我」ということによって、蟬と詩人の間には同じ境遇に置かれた者どうしの連帶感が生まれる。蟬と詩人は互いに照らし合うことを通して、己れの不如意をより痛切に知覺し、且つ同じ境遇にあるもう一つの存在を知ることによって對象に對する同情と自分に對する慰撫とが生まれる。この二句の言い方は、蟬と自分との相照らし合う關係をよく表している。蟬が鳴くことは自分に對する警告である（と受け止める）。警告と受け取った自分は蟬に對して、他の誰よりも自分に對して警告を發してくれるように賴む。蟬からの警告を受け取ることによって、自分も蟬と同じく「淸」なるありさまであることが自覺される……蟬から自分へ、自分から蟬へという往復が、兩者のいわば同病相憐れむ狀態を浮き彫りにする。そしてまた蟬と自分との往復運動を設定することによって、自己をも對象化することになる。

この詩における蟬と詩人の關係は、駱賓王のそれとは異なっている。駱賓王の場合は、蟬と詩人が別々に登場したあと、兩者が融合し、一つの存在として溶け合うことに歸着したのだが、ここでは逆に對象と主體とは分離している。分離することによって兩者の一體感を尖鋭にさせるのである。

蟬と詩人の關係よりもさらに大きな違いが、駱賓王と李商隱の間にはある。それは自分自身の捉え方の相違である。駱賓王の場合、蟬＝詩人は獄中にあっても己れの潔白は搖るぎなく自身によって確信されている。自分をそのような狀態に陷れた外部が惡いのであって、自分の胸中には一點の翳りもない。そして讀み手もその作者の確信のなかに入り込むことを強要される。作者の正しさを自明とすることによって、詩は成立している。

それに對して李商隱の詩では、不幸な境遇にある自分がシニカルな目で捉えられ、蟬の慘めさがよく分かるように詩人も蟬と同じように慘めな、さらにいえば滑稽なくらい慘めなありさまであるということが、作者自身の目を通して描き出されているのである。食えないことは自明であるのに蟬は鳴き續け、夜明けに近づいてその鳴き聲すら消えそうになっているみじめな存在であるように、自分もいかに苦境を訴えても同情してくれる人もない、哀れな存在であることを唱うのである。「擧家淸」には、駱賓王の詩であったならば、犯すべからざる精神的價値として高らかに主張したであろうが、李商隱の場合には「淸」であるからには被らざるをえない不遇を當然の結果として受け入れてしまい、不遇に沈む自分とそうした自分を寂しく嗤う自分との雙方が一篇の詩のなかに含まれている。自分の高潔さを、もはや駱賓王のように明快に主張できないのである。このように屈折した自己の把握、自嘲を帯びた、ないし自虐的な自己認識は、やはり杜甫を經過してこそ生じたものであって（杜甫に見られる自己認識の特徴については別稿を用意）[補2]、ここにも文學史的な展開のあとを確認することができよう。蟬の詩の系譜についていえば、駱賓王に至って特別な狀況のなかに押し込められた、代替不能な自己というものが蟬と重ね合わせて表現されたが、李商隱に至るとその自己もかく分解するに至るのである。

＊

蟬を唱った文學の展開を建安から晚唐に至るまで通覽してきた。蟬に付與されたどのような意味を用いるかに關しては、かなり早い時期に固定して、それがそのまま繼承されていくのだが、蟬の同じ意味を用いながらも詩そのものはやはり時代によって變化していく過程を確認することができた。このあとも蟬は中國の詩文のなかで生き續け、「寒蟬」は寂寞たる心象を寫し出す景物として定着し、蟬に自分をなぞらえて唱う詩も途絕えることはないが、しかし景物としての蟬の形象においては杜甫、蟬の姿に自己を投影する系譜においては李商隱、その二人が到達した高みには、後代の詩文はついに及ぶことがないのではないか。

注

(1) 初出は一九四〇年。『高村光太郎選集』第四巻（一九八一増訂版、春秋社）所收。

(2) 詩は一九四〇年の作、『選集』第四巻に所收。短歌は一九二四年の作、「工房よりⅡ（抄）」（『選集』第三巻所收）に見える。

(3) 大野晉「『うつせみ』の語義について」（『文學』第一五巻第二號、一九四七）。大谷雅夫、中島貴奈氏の教示による。

(4) ジャン・ポール・クレベール著、竹内信夫ほか譯『動物シンボル事典』（一九八九、大修館書店）の「せみ」の項に「ギリシアに傳わる話では、昔、粘土から作られた人間のある者たちは、歌うことに熱中するあまり食べることを忘れ、そのために死んだそうだ。ムーサたちはそれに感謝の氣持ちを表わすために、神々に頼んで彼らを蟬に變えて貰ったという。蟬は露しか口にしないと長い間信じられていた」。

(5) 王文誥輯註『蘇軾詩集』（一九八二、中華書局）巻三二。葉を抱く蟬を蘇軾は「御史臺榆・槐・竹・柏四首」其二の「槐」詩（同、巻一九）のなかでも「高槐雖驚秋、晩蟬猶抱葉」と唱っている。ここでは明言されてはいないが、蟬は鳴いていないだろう。

(6) 蕭滌非『杜甫詩選注』（一九七九、人民文學出版社）一一三頁に、「蟬抱葉、鳥歸山、倶各得其所、反興自己的無處安身。舊注以爲自比、恐非」。

(7) 清・施補華『峴傭說詩』（『清詩話』所收）は、すでに李商隱の「蟬」詩を蟬の詩の系譜のなかに置いてそれぞれの特徴を指摘している。「三百篇比興爲多、唐人猶得此意。同一詠蟬、虞世南『居高聲自遠、端《ママ》不藉秋風』、是清華人語。駱賓王『露重飛難進、風多響易沈』、是患難人語。李商隱『本以高難飽、徒勞恨費聲』、是牢騷人語。

比興不同如此」。

補1　冠飾としての蟬、また「蟬賦」については、戸川芳郎氏「貂蟬——蟬賦と待臣——」（『加賀博士退官記念中國文史哲學論集』、一九七九、講談社）に詳しい。

補2　その一端は「杜陵野老——杜甫の自己認識——」（『中國文人の思想と表現』、二〇〇〇年、汲古書院）にみえる。

悲觀と樂觀

抒情の二層

一

人の生は短くはかない、そこから生じる悲しみを唱う抒情詩は、古今東西、いずこにも見られることだろう。その悲嘆から逃れるべく飲酒の悦樂に奔ろうとすることにも、日本では酒の歌にいくらか乏しいのを除けば、洋の東西に大きな違いはない。沓掛良彦氏によれば、アルカイオスが carpe diem（その日の悦樂を摘め）というテーマと飲酒とを結びつけて以來、古代ギリシアの抒情詩には酒によって人生短促の悲しみを忘れようという詩が陳腐に見えるほど唱われているという。(1) アラブ圏ではオマル・ハイヤームの『ルバイヤート』の詩篇が繰り返し嘆くのも、人の世ははかない、何もかも空しい、酒を飲んで忘れるほかない、という詠嘆である。中國古典文學のなかでそれに匹敵するものとしてまず擧げられるべきは、「古詩十九首」（『文選』巻二九）である。吉川幸次郎博士はかつてそのテーマを「推移の悲哀」と名付け、「推移の悲哀」をさらに三つの種類に分けて「古詩十九首」を分類した。(2) 卑見によれば十九首を「推移の悲哀」のヴァリエーションによって三分するよりも、異性への愛情が滿たされない悲しみを唱った詩、人生短促の悲しみを唱った詩、その二つに分けるだけで十分であると思われるが、そしてその二つの悲しみを核として「古詩十九首」が成り立っていることは、五言詩の最も早いこの抒情詩群が中國古典文學のなかにあって異質な性格を帯びていることを示しているのではなかろうか。それはひとまず措くとしても、「古詩十九首」の一半――其三、其四、其十一、其十二、其十三、其十四、其十五が、人生短促の悲嘆を飲酒、美女、奢侈など現世の快樂によって吹っ切ろうとし、それでも吹っ切ることができないところに虚無的な抒情が漂う詩であることは確かである。

吉川博士の「推移の悲哀」は對象を「古詩十九首」に限定しているが、鈴木修次博士の「「無常」考」[3]ではさらに範圍を擴げて「無常觀」が早くから中國古典文學に見られることを説いている。それによれば、『詩經』では老いの迫る焦燥は唱われるものの世の無常を悲しむ心情はまだなく、『楚辭』に至って時間の推移を悲しむ感情があらわれる。抒情詩としては二、三世紀の「古詩」及び魏晉の詩人によって重ねて唱われていき、その主題は陶淵明以降には佛教の無常觀と結びついて深められていく、という[4]。

先學のこうした論考が明らかにしているとおり、中國の文學にも人生短促の嗟嘆は確かに唱われている。しかし人の命のはかなさを悲しむところに生じる抒情性、また酒によってそれを忘れようとするモチーフは、上述したように、中國のみに見られるものではなく、むしろ文學の普遍性を示す特徴というべきではないか。そして中國古典文學においては、それとは別に、人生短促の悲哀を抱きながらもそれを乗り越えようとする人の意志の力を唱うもう一つの文學があり、そこにこそ中國の文學の特徴があり、他の文化圏との差異を示しているのではないだろうか。

「古詩十九首」は後漢後期の作品と考えてよいと思うが、それに續いてあらわれる作者の明らかな詩として最も早い曹操の「短歌行」(『文選』巻二七)は、すでに「古詩十九首」の悲哀の情感から離脱している。

對酒當歌　酒に對して當に歌うべし
人生幾何　人生　幾何《いくばく》ぞ
譬如朝露　譬えば朝露の如し
去日苦多　去りし日は苦《はなは》だ多し

慨當以慷　慨して當に以て慷すべし
憂思難忘　憂思　忘れ難し
何以解憂　何を以て憂いを解かん
唯有杜康　唯だ杜康有るのみ

靑靑子衿　靑靑たる子が衿
悠悠我心　悠悠たる我が心
但爲君故　但だ君が爲の故に
沈吟至今　沈吟して今に至る

呦呦鹿鳴
食野之苹
我有嘉賓
鼓瑟吹笙

明明如月
何時可掇
憂從中來
不可斷絶

越陌度阡
枉用相存
契闊談讌
心念舊恩

月明星稀

呦呦として鹿は鳴き
野の苹を食らう
我に嘉賓有り
瑟を鼓し笙を吹かん

明明として月の如し
何れの時か掇《と》るべけん
憂いは中より來たりて
斷絶すべからず

陌を越え阡を度《わた》り
枉げて用って相い存す
契闊談讌して
心に舊恩を念う

月明らかに星稀にして

烏鵲南飛　　烏鵲　南に飛ぶ
繞樹三匝　　樹を繞ること三匝
何枝可依　　何れの枝にか依るべき

山不厭高　　山は高きを厭わず
海不厭深　　海は深きを厭わず
周公吐哺　　周公　哺を吐きて
天下歸心　　天下　心を歸す

最初の二解八句は人生短促の嘆き、それから逃れるための酒と歌、といった、「古詩十九首」の唱いぶりがそのまま繰り返されている。ここで終わればほとんど變わるところはないのだが、「短歌行」はそのあと別の方向へ展開していく。そこに唱われているのは、覇者として人材を自分のもとに吸收したいという抱負である。この轉換の跡を強いて求めれば、命のはかなさを悲しむという普遍的な悲哀の情調から歌を起こしたのが、曹操個人の胸中を占めていたわだかまり、すなわち天下を掌握しようとする意欲を持ちながらそれが果たされていない思いへと移行し、すぐれた補佐を求める氣持ちを唱うことに轉じていったものだろうか。滿たされない思いを唱うという情調は一貫しながらも、悲嘆の內容がすり替わっているのである。陳沆『詩比興箋』が「此れ卽ち漢高大風歌の猛士を思うの旨なり」と指摘するように、天下の統治者としての曹操の意識は劉邦に連なっていたかも知れない。

後半で唱われるのは、曹操という覇者たらんと志す立場にあった個別の人に特有の物思いである。この轉換によって一般的な抒情を唱う詩が特定の個人の情感を唱うものへと變化している。建安は文學がさまざまな面において個の方向へ一歩近づいた時代であった。

曹操の別の樂府、「歩出夏門行」でも人の生には限りがあるという宿命とそれをいかに乗り越えるかという問題がテーマになっている。

神龜雖壽　　神龜は壽なりと雖も
猶有竟時　　猶お竟《お》わる時有り
騰蛇乘霧　　騰蛇は霧に乘ずるも
終爲土灰　　終には土灰と爲る

老驥伏櫪　　老驥　櫪に伏するも
志在千里　　志は千里に在り
烈士暮年　　烈士は暮年なるも
壮心不已　　壮心　已まず

盈縮之期　　盈縮の期は
不但在天　　但に天に在るのみならず
養怡之福　　養怡の福
可得永年　　永年を得べし

幸甚至哉　　幸い甚だ至れる哉
歌以詠志　　歌いて以て志を詠ぜん

「老驥」四句がとりわけ有名だったことは、『世說新語』豪爽篇に晉の王敦が酔うたびにこの四句を口ずさんだという逸話を記すことからも知られる。「神龜」、「騰蛇」のような靈妙な生物にすら壽命があるのだから、まして人の生命が有限であることはいうまでもないという一解。老境に入っても精神は雄々しくあり續ける老驥と烈士を唱う二解。宿命としてあきらめることなく、修養の努力によって肉體を保持しようとする三解。人生短促の嗟嘆から發しながら、その悲傷に浸ることに終始せず、それに抗して精神を奮い立たせ、身體を鍛錬しようというのである。

老いの嘆きは中國古典詩に習用のテーマの一つであって、たとえばそのモチーフの一つである白髪を唱う詩は枚擧にいとまがないが、しかしまた一方で、曹操の「老驥」のように、迫り來る老いと死を前にしながらなお心を奮い立たせようとする精神の雄々しさを唱う詩句もあるのである。それは遙か降って、杜甫「江漢」の次の二句にも繫がっている。

落日心猶壯　　落日に心は猶お壯んなり
秋風病欲蘇　　秋風に病いは蘇らんと欲す

「落日」という一日の終わり、「秋風」という一年の終末を表象する外物、それはもちろん杜甫自身の生が終息に近づいていることを含意するが、その景物に接しながらかえって精神も肉體も生命を燃燒させようという。續く最後の二句、

古來存老馬　　古來　老馬を存す
不必取長途　　必ずしも長途に取らず

昔から老いた馬でも棄てることはしなかった、丈夫な脚力だけが馬の取り柄ではなく老馬の智というものもあるのだ、と老馬にまつわる二つの故事(5)を用いて詩は結ばれているが、尾聯に馬の比喩があらわれるのは、頸聯が暗に曹操の老驥を含んでいるところから導かれるだろう。詳註の引く清・張遠（『杜詩會稡』）には「全首是れ老驥伏櫪、志在千里、烈士暮年、壯心未巳の意」という。「老馬嘶風、英心未退」の俗言もあるように、年老いてなお精神を奮い立たせる馬のイメージは、中國のことばと思念のなかに十分に浸透している。

二

詩のなかの個々の物象のイメージにも、悲觀に繫がるのとは別に、力強く生を肯定する態度をうかがうことができる。たとえば花。花が美しくも移ろいやすい、はかないものとして人の命と重ねられることは中國の詩にも多い。初唐・劉希夷の「代悲白頭翁」の詩は老いを免れない人の悲しみを七言歌行のたおやかなうねりに身を委ねるかのように唱うものだが、そのなかでも「年年歳歳花相似、歳歳年年人不同」の聯は、論理の上では生死を繰り返すことによって永遠の生命をもっている花と、ひたすら老・死に向かう存在である人とを對比しているが、實際には花のなかに人のいのちのはかなさを嗅ぎ取って、花と人とは重ね合わせられている。人生短促の悲嘆はそのようにして、悲しくも美しい抒情となるのである。

花を散る相において捉えるのは、これも「古詩十九首」其八の、

11 傷彼蕙蘭花　彼の蕙蘭の花を傷む
12 含英揚光輝　英を含みて光輝を揚ぐ
13 過時而不采　時を過ぎて采らざれば
14 將隨秋草萎　將に秋草に隨いて萎れんとす

陶淵明「擬古詩」九首其七（『文選』巻三〇にはこの一首を録す）にも、

明明雲間月　明明たり　雲間の月

灼灼葉中花　灼灼たり　葉中の花
豈無一時好　豈に　一時の好きこと無からんや
不久當如何　久しからざるは　當に如何とすべき

と、月とともに恆久ならざる美として花が唱われている。いずれも、はかないがゆえに美しい花である。しかしそれでは捉えられない花がある。『詩經』周南、「桃夭」の、「桃之夭夭、灼灼其華」が溢れんばかりの生命力を捉えたものであって、そこにやがては散り去っていくであろうと思う悲哀を伴なわないことはいうまでもない。『詩經』では先行研究が指摘するように生命のはかなさを嘆く心情がまだ見られないとしたら、これは當然のことであるが、命の顯現として花を唱う詩句はその後も續く。陶淵明「蜡日」詩にいう、

梅柳夾門植　梅柳　門を夾みて植え
一條有佳花　一條　佳花有り
我唱爾言得　我唱えば　爾が言得たり
酒中適何多　酒中　適何ぞ多き

「木は欣欣として以て榮に向かう」（「歸去來兮辭」）と同じく、ここでは花の持つ生氣を言っている。

張九齢「感遇」其一にも、

蘭葉春葳蕤
桂花秋皎潔
欣欣此生意
自爾爲佳節

蘭葉　春に葳蕤
桂花　秋に皎潔
欣欣たり　此の生意
自ずから佳節を爲す

人口に十分に膾炙している杜牧の「山行」詩のなかにも、それは見える。

遠上寒山石徑斜
白雲生處有人家
停車坐愛楓林晩
霜葉紅於二月花

遠く寒山に上る　石徑斜めなり
白雲生ずる處　人家有り
車を停めて坐《よ》って愛す　楓林の晩
霜葉は二月の花よりも紅なり

第三句の「坐」が日本では「そぞろに」と訓ぜられ、「なんとはなしに」といった意味で捉えられているのに對して、中國ではこぞって「因也、由也」と解釋している彼我の解釋の違いについては、すでにしばしば指摘されるところである。明晰な論理を讀み取ろうとする態度と、説明をはっきりつけない氣分を好むのと、中國と日本の讀み方の違いを鮮やかに示す例であるが、よく知られた詩でありながらこの絶句はほかにも興味深い問題を含んでいるかに見える。

第一句、通行している解釋では、遙か遠く寒山を登っていくと、石がごろごろした道が斜めに續いている、ということだという。しかし「遠い」のは自分からの距離であり、「上る」のは自分ではなく「石徑」だと讀めないいだろうか。自分の位置から遠く隔たった寒山に上っていく登山道、その石を敷いた小道が紆餘曲折しながら上に向かって續いていく。その石徑を目で追っていくと、行き着いた先の「白雲生ずる處」、そこにもまだぽつんと人家がある。山麓の道に車を走らせてきた自分は、そこで車を停めてあたりの楓林の眺めを味わう、と。

しかしここで取り上げたいのは最後の一句である。ここでは紅葉した楓樹の葉を春まっさかりの花になぞらえている。杜牧の「霜葉」には枯れつつある氣配、ほどなく散るであろう豫測、またそれに伴う悲しみは、まったく含まれていない。今、秋の樹林がまるでそこに突如として春が顯現したかのようにまっ赤に燃えている、その光景に接した驚きが發動している。紅葉も春の花も滅びを豫感させるものとしてではなく、生命力の限りを赤い色彩に燃え立たせている姿が捉えられている。いうまでもなく、秋の景物に觸れて悲しみを催す心情は中國の文學の因襲のなかにある。しかしそれとは反對に、秋の景物に命の燃燒を見て心を動かす詩句も、誰でも知っている作品のなかにあるのである。

流れゆく水といえば、何よりも孔子の逝川の歎が強く作用を及ぼすが、それも悲觀と樂觀の正反對の理解を含んでいることについては、吉川博士に詳論がある（「讀書の學」、全集第二五卷）。蘇軾の「赤壁の賦」では長江の流水に移ろい行くこの世、はかない人の命を見る「客」に對して、「蘇子」は無限の生命力を見る。唐代においても、たとえば杜甫の「登高」の二句にいう、

無邊落木蕭蕭下　　無邊の落木は蕭蕭として下ち

不盡長江滾滾來　　不盡の長江は滾滾として來たる

詩はもちろん悲秋を唱うものではある。しかし己れの老いを秋の季節に重ねて嘆く抒情の型に收まって終わるものではない。限りなく落ち續ける木の葉をいう上句、長江の水の流れ續けてやまないことを言う下句、いずれも秋の悲しみ、時間の悲しみに結びつくものではあるが、しかし長江の水は流れ「去る」ものとしてではなく、「來る」ものとして、しかも「滾滾」と勢いよく押し來るものとして捉えられている。その自然の力を感取したうえで上句を顧みれば、そこでも「落木」、すなわち落葉は限りなく、果てなく落ち續ける。確かにそれは負に向かう動きであるが、負に向かう動きのなかにも自然は無盡藏の力を含んでそれを發揮しているのである。

三

「古詩十九首」のなかで人生の短さ、はかなさをあらわすのによく使われていたのは、「人生如寄」、及びそれに類する表現であった。其三「人生天地間、忽如遠行客」、其四「人生寄一世、奄忽若飆塵」、其十三

「人生忽如寄、壽無金石固」。この世の生はかりに身を寄せる場にすぎず、結局、人は死という永遠に歸着するものだという認識は、李善注の引く『尸子』の老萊子のことばにすでに見えるものであった。「人の天地の閒に生まるるは寄するなり。寄する者は固より歸す」。ところが悲觀に結びつくこのことばを、蘇軾は「悲哀の情を表現するものではなく、逆にそれを解消せしめんとする知的な反省の言葉」として用いていることは、山本和義氏がすでに明晰に論じている。「蘇軾詩論稿」（『中國文學報』第一三册、一九六〇）のなかで、山本氏はそれを「委順の思想」と名付けている。

人生に對するそのような見方、態度は、すでに中唐の白居易のなかにもうかがうことができる。元和十四年（八一九）、三年あまりに及んだ江州司馬を解かれて新たな任地忠州へ向かうべく長江を上っていた白居易は、たまたま通州司馬から虢州長史に移るために長江を下っていた元稹と三月十一日、峽州でばったり出會うということがあった。元和十年に元稹が通州へ赴くのを長安で送別して以來の再會である。二人は限られた行程のなかで三泊をともに過ごし、再び江の上下に別れたのだが、その折りに手向けた詩（朱金城『白居易集箋校』卷一七、花房英樹氏作品番號一一〇七）の末四句にいう、

君還秦地辭炎徼　　君は秦地に還り炎徼を辭す
我向忠州入瘴煙　　我は忠州に向かいて瘴煙に入る
未死會應相見在　　未だ死せざれば會《かな》ず應に相い見るべし
又知何地復何年　　又た知らん　何の地か復た何の年かを

君は炎熱の國を離れて都の近くへ戻る。わたしは忠州へ向かい瘴煙の地へ入っていく。このように今は

別れても、生きていさえすればきっと再會する時はあるにちがいない。それはどこであろうか、そしてまたいつのことであろうか。——

　この別離をとわの別れとみなして悲しみを唱う抒情のありかたもあったはずである。たとえば韋應物「初めて揚子を發し元大校書に寄す」詩の、「今朝此《こ》こに別れを爲せば、何れの處にか還た相い遇わん」のように。が、白居易の詩は樂觀の方向を取る。あるいは末四句は單なる挨拶であって實感のない措辭と見ることもできるかも知れない。しかしこの詩の題、及び本文の全體を見ると、それは決しておざなりの結びのことばではなくて、この詩全體の趣旨と緊密に結びついていることがわかる。詩題にはいう、「十年三月三十日、微之に灃上に別る。十四年三月十一日夜、微之に峽中に遇う。舟を夷陵に停め、三宿して別る。言の盡きざる者は、詩を以て之を終う。因りて七言十七韻を賦して以て贈る。且つ遇う所の地と相い見るの時を記して、他年の會話の張本と爲さんと欲するなり」。白居易は元稹と思いがけず再會したことを後日二人で語り合うことのできる日の話柄としようとして、今この時、この場所を記錄しようとする。事實、詩の本文のなかにも、數年前に最後に別れた時と場所、今回遭遇した時と場所を自注まで加えて克明に記し、そして次に會えるのはいつ、どこだろうかと詩を結んでいる。すなわち白居易はこの出會いと別れを人生の全體のなかに位置づけて捉えようとしているのである。今回の出會いは豫期せぬものであった。ならば別れたあともまた同じように思いがけず再會する機會がきっとあることだろう。人生というものはこうした思いがけない出來事に滿ちているものだ——一歩踏み込んで言えば、このような偶然の起こる人生を白居易は樂しんでいるかのようにさえ思われてくる。少なくとも、思うにまかせぬ二人の人生行路を別離に満ちたものとして悲観の歌を唱うのではなく、思いがけない出會いにも富むものとして樂觀的に眺めようとしている。

邂逅と別離をこのように捉えるのは、元和十四年のこの時に限らない。白居易の作品のなかでは最も早い時期に屬する「冬夜　敏巢に示す」詩（『箋校』巻一三、六九七。花房氏以下、いずれも貞元十六年以前に編年。敏巢は未詳、従弟白敏中の兄弟か）にも、

他時諸處重相見　　他時　諸處に重ねて相い見れば
莫忘今宵燈下情　　忘るる莫かれ　今宵　燈下の情

いつか別の所で再會した時まで、今宵この燈火のもとの思いを忘れないように、と現在會っていることを將來の時點から過去として思い出そうと唱っている。

佛教的な諦觀によって人生の浮沈を解決しようとする詩もある。次の詩では、杭州刺史の任に向かう途次、先に江州司馬に流謫された際と同じ寺に泊まったことから、人生に對する感慨を催していう、

宿清源寺　　清源寺に宿る（『箋校』巻八、二三八）

往謫潯陽去　　往《むか》し潯陽に謫せられて去き
夜憩輞溪曲　　夜憩う　輞溪の曲
今爲錢塘行　　今　錢塘行を爲し

重經茲寺宿
爾來幾何歲
溪草八九緑
不見舊房僧
蒼然新樹木
虛空走日月
世界遷陵谷
我生寄其間
孰能逃倚伏
隨緣又南去
好住東廊竹

重ねて茲の寺を經て宿る
爾來　幾何の歲
溪草　八九たび緑なり
舊房の僧を見ず
蒼然たり　新樹木
虛空　日月走り
世界　陵谷遷る
我が生は其の間に寄せ
孰か能く倚伏を逃れん
緣に隨いて又た南へ去る
好しく住むべし　東廊の竹

人は時間の大きな運行のなかに置かれ、禍福が次々生じる運命から免れることはできない。しかし自分はそれに身を委ね、與えられた運命を甘受しよう。ここでは先に擧げた「十年三月……」詩の、作者の内部におのずと生じてくるような人生への興味は稀薄で、佛教的な諦觀によって自分を言い聞かせようとする態度が支配しているかに見える。

同じ時期、「長慶二年七月、中書舍人より出でて杭州に守たる路に藍溪に次る作」(『箋校』巻八、三三五)

でも、

寘懷齊寵辱　懷に寘きて寵辱を齊しくし
委順隨行止　委順　行止に隨う

この二句に續けて、「我れ　此の心を得てより、茲において十年なり」というのをそのまま受け取れば、下邽退去時からこの思いを懷抱していたことになるが、それよりさらに早い元和三年（八〇八）、長安で翰林學士の任にあった時からすでに、

形骸委順動　形骸　順動に委ね
方寸付空虚　方寸　空虚に付す
（「松齋自題」、『箋校』巻五、一九〇）

下邽での「歸田三首」其三（『箋校』巻六、二四六）では、わずか十年の間に朝廷の顯官から野夫に變わっているその變化に對して、

形骸爲異物　形骸　異物と爲し
委順心猶足　委順　心猶お足れり

以下、江州司馬時期の三二八、三三一、九七〇、忠州刺史に移ってからの五六四、いずれも「委順」によって心の動搖を平らかにしようとしている。「委順」は官界生活のなかで浮沈する自分を慰撫し、安寧を得るための手だてであった。それによって白居易は波立つ心を靜めることができたというのではない。不本意な境遇を餘儀なくされた際に、その悲しい感情を唱うのとは別に、老莊・佛教の力を借りて平穩を求める心の態度も中國の抒情詩の一つの性格であったのである。

四

「推移の悲哀」、「「無常」考」、そうした論文を輕率に讀むと、中國の文學にはこの世のはかなさを嘆き、移ろいやすさを悲しむ抒情しかないかのように錯覺してしまう。甘美な感傷を誘うそうした抒情の文學とは異なった、生への積極的な態度を唱う文學も中國には存在するのである。悲觀と樂觀、その二種類の文學は中國の古典文學のなかで二つの層を成して存在している。

悲觀の文學は中國に限られるわけではなく、中國獨自の特色は樂觀の文學の方にあるように思われるが、それはやはり中國の古典詩文が士大夫によって擔われていたことと關わっているだろう。爲政に攜わるべき士大夫は、世の中に對して責務を負い、與えられた條件がいかに嚴しくてもそれに抗して士としての務めを遂行しなければならない。そうした思いを唱うところに士大夫ならではの抒情が生まれる。積極的に苦難に立ち向かおうとする意志を雄々しく唱うものとは別に、佛教の諦觀、「委順の思想」に依據して人生短促の悲哀を解消しようとするものもあったが、いかなる狀況のなかでも動搖しない平靜な心を保持しようとする態度も、士大夫ゆえに求められた自己制御の方法であった。そして白居易のように樣々な事が生起する人生というものを好奇の目で眺める態度、それは人生に從屬するのでなく、人生を手玉に取るしたたかな生き方といえようか。

注

（1）沓掛良彦「ギリシア飲酒詩閑話」（『讃酒詩話』、岩波書店、一九九八、一七頁）。

（2）吉川幸次郎「推移の悲哀」（『吉川幸次郎全集』第三巻、筑摩書房、一九六九）。

（3）鈴木修次「「無常」考」（『中國文學と日本文學』、東京書籍、一九七八）。

（4）但し、王瑤氏は、死の恐れ、人生の短さを嘆く感情は、『詩經』、『楚辭』には見られず、古詩から登場し、佛教の影響が強いとする（『文人與藥』）。

（5）「古來存老馬」の句は、『淮南子』人閒訓に「田子方見老馬於道、……少而貪其力、老而棄其身、仁者不爲也」、また『韓詩外傳』巻八に「昔者田子方出、見老馬於道、……少盡其力、而老棄其身、仁者不爲也」というのを用いる。「不必取長途」の句は、齊の桓公が道に迷った時、管仲が「老馬之智可用也」といって老馬を放ち、事なきを得たという話（『韓非子』說林上）に基づく。

峴山の涙
羊祜「墮涙碑」の繼承

一　羊祜「墮涙碑」の故事

西晉の羊祜（二二一―七八）が襄陽の峴山に登って感慨を催した故事は、『晉書』（六八四年成書）卷三四、羊祜傳が最も詳しく記している。

羊祜字叔子、泰山南城人也。……祜樂山水、每風景、必造峴山、置酒言詠、終日不倦。嘗慨然歎息、顧謂從事中郎鄒湛等曰、「自有宇宙、便有此山。由來賢達勝士、登此遠望、如我與卿者多矣。皆湮滅無聞、使人悲傷。如百歲後有知、魂魄猶應登此也」。湛曰、「公德冠四海、道嗣前哲、令聞令望、必與此山俱傳。至若湛輩、乃當如公言耳」。……

襄陽百姓於峴山祜平生游憩之所建碑立廟、歲時饗祭焉。望其碑者莫不流涕、杜預因名爲墮涙碑。荊州人爲祜諱名、屋室皆以門爲稱、改戶曹爲辭曹焉。……

羊祜は字叔子、泰山南城の人である。……

羊祜は山水が好きで、よい日和には必ず峴山に出かけ、酒宴を設けて吟詠し、終日飽きることがなかった。ある時深く嘆息して、従事中郎の鄒湛らに振り返って言った、「宇宙が生まれた時から、この山は存在している。以來、わたしや君たちと同じように、ここに登って遠くを眺めたすぐれた人士がたくさんいる。しかしみなこの世から消えて消息が知れない。胸が痛むことだ。もし死んだのちも精神がのこるならば、たましいとなってここに登ることだろう」。鄒湛が言った、「殿は四海に冠する徳、先哲を繼ぐ道を備えておられます。令名はこの山と同じように久遠に傳わることでしょう。わたくしなどのごとき者は、殿のお言葉のとおりになるでしょう」。……

襄陽の人々は峴山の羊祜がいつも行樂していた場所に碑と廟を立て、時節ごとに祀りをした。その碑を見る人は、誰もが涙を流したので、杜預が「墮涙碑」と名附けた。荊州の人々は羊祜の名前を避けて、居室は（戶と言わずに）門と稱し、「戶曹」は「辭曹」と言い換えた。……

都督荊州諸軍事として襄陽を治めていた羊祜は、峴山に登って人の命に限りあることに思いを致し、悲嘆したのである。これと似た結構をもった話が春秋・齊の景公（在位前五四七―前四九〇）にまつわるものとしてある。齊の景公も山に登り、人生の有限を悲しんでいる。『列子』「力命篇」から引けば、

齊景公游於牛山、北臨其國城而流涕曰、「美哉國乎、鬱鬱芊芊。若何滴滴去此國而死乎。使古無死者、寡人將去斯而之何」。史孔・梁丘據皆從而泣曰、「臣頼君之賜、疏食惡肉可得而食、駑馬稜車可得而乘也。且猶不欲死、而況吾君乎」。

齊の景公は牛山に遊び、北の方に國都を見下ろして涙を流しながら言った、「なんと美しい國だろう。木々が豊かに茂っている。どうしてぽとりとこの國を去って死んでしまうのだろうか。昔から死というものがなければ、私はここを去ってどこへも行きはしないのに」。史孔と梁丘據の二人がもらい泣きして言った、「私どもは殿の賜與のおかげで、粗食惡肉ながら食べ物もあり、粗末な車馬ながら乘り物もあります。そんな暮らしですら死にたくないのですから、殿はなおさらでありましょう」。

この話は『晏子春秋』内篇巻一第十七、外篇巻七第二、同第四、また『韓詩外傳』巻十第十一章などに、多少の異同を含みながら繰り返し語られている。齊の景公と羊沽の故事に共通しているのは、いずれも土地の支配者が山に登ってその地を眺め下ろすこと、そこで生を惜しみ死の不可避を悲しむこと、その二つがまず擧げられる。齊の景公が山へ登るのは、『列子』には「北のかた其の國城に臨む」、『晏子春秋』巻一には「北面して齊國を望睹す」、『韓詩外傳』には「北のかた齊を望む」と記されているように、自分が統治する國を眺める行爲に結びついている。ここに日本でいう「國見」のような古代習俗の痕跡を見ることができる。見る行爲によってその地の支配を確認し、さらには豫祝する儀禮につながるのである。ちなみに「高きに登りて能く賦せば以て大夫と爲るべし」(『漢書』藝文志・詩賦略序)も、由來するところは國見に際して言祝ぎの言葉を發する職能に關わるだろう。(1) 齊の景公の話がいつ生まれたものか、いつ記錄されたものか、定めがたいにしても、ここで山に登っているのは、美的對象として風景に對する後の時代の態度とは異なる。齊の景公の言葉には「美しきかな國や、鬱鬱芊芊たり」という風土に對する贊美が見えるが、これも風景美を讚えたというよりも、國土を言祝ぐ呪言的な響きをのこしているかに思われる。

羊祜の場合はどうか。『晉書』の「山水を樂しむ」という記述は、いかにもそれが山水觀賞の行爲であったかのように見えるが、しかしこうした書き方をしているのは『晉書』だけであり、峴山の故事を記す他の記錄は「峴山に登る」といった、具體的行爲としてしか書いていない。以下、煩瑣にわたるが、類書・地誌のなかに見られるこの故事を原文のみ擧げれば、『晉書』と同じく唐初に編まれた『藝文類聚』(六二四年成書)には、卷三五・人部・泣に、

『襄陽耆舊記』曰、羊公與鄒閏甫登峴山、垂泣曰、「有宇宙便有此山。由來賢達、登此遠望者多矣。皆湮滅無聞、不可得知。念此令人悲傷」。

『北堂書鈔』(隋・大業年間六〇五—一七成書か)(2) には、卷一〇二・藝文部・碑の「立碑峴山」の條に、

『襄陽記』云、羊公好上□□、參佐爲立碑峴山。

とあり、同じく「參佐立碑」の條に、

『荊州圖記』云、羊叔子與鄒潤甫嘗登峴山遠望、後參佐爲立碑著故處、百姓毎行望碑、莫不悲感、因名爲墮涙碑。

と見える。『襄陽耆舊記』は『隋書』經籍志・史部・雜傳に「五卷、習鑿齒撰」と著錄されている。習鑿齒は『晉書』卷八二の本傳によれば、襄陽の人、生卒年は確定できないが、桓溫に仕えたことから、東晉、四世紀中頃の人であろうと推測される。これが現在確認できる羊祜峴山の故事の記録として早いものといえよう。ちなみにそこでは從者を「鄒閏甫」に作るが、他の資料ではすべて「鄒潤甫」と表記される。鄒潤甫については宋・洪邁『容齋題跋』(『津逮祕書』一三集所收)卷一、「跋晉代名臣文集」の條に、「鄒湛姓名、因羊叔子而傳、而字曰潤甫(鄒湛の姓名は、羊叔子のおかげで後世に傳えられ、字は潤甫という)」というが、しかし『晉書』卷九二文苑傳に傳も立てられている人物ではある。「鄒湛、字は潤甫、……深く羊祜の器重する所と爲る。……著わす所の詩及び論事議二十五首、時の重ずる所と爲る」、官も侍中、少府に至っているし、『隋書』經籍志にはその著として『周易統略』五卷、また梁の時の存目として『鄒湛集』三卷、錄一卷が著錄されているから、決して無名の從者ではない。

羊祜の故事は唐以後の地誌にも記録されていく。『元和郡縣圖志』巻二一、「山南道・襄州・襄陽縣」に言う、

峴山、在縣東南九里。山東臨漢水、古今大路。羊祜鎮襄陽、與鄒潤甫共登此山、後人立碑、謂之墮淚碑、其銘文卽蜀人李安所製。

そこにいう李安は、嚴可均『全晉文』巻七〇では、李興、字は儁石、の別名として、碑文を「晉故使持節侍中太傅鉅平成侯羊公碑」と題して錄し、「明宏治四年重立碑拓本、又見湖北通志」と出處を記している。李興とすれば、『晉書』巻八八、孝友傳の李密の傳に附される李密の次子李興のことで、そこには、

興之在（鎭南將軍劉）弘府、弘立諸葛孔明・羊叔子碣、使興俱爲之文、甚有辭理。

李興が鎭南將軍劉弘の役所にいた時、劉弘は諸葛亮と羊祜の碣を立てたが、その文はいずれも李興に起草させ、それはすじの通った文章であった。

と、羊祜の碑文を書いたことが記されている。李密の生卒年（二二四—八七）[3]から推せば、子の李興は三世紀後半の人であり、羊祜とほぼ重なることになる。明・楊愼『譚苑醍醐』（『函海』所收）巻八には、『全晉文』が錄するのと多少の字の異同を含む「晉故使持節侍中太傅鉅平成侯羊公之碑」を載せているが、その

末尾には「此碑元無撰人姓名。按益州記云、犍爲李賜撰。賜、密之子也（この碑にはもともと撰者の名がない。益州記を見ると、犍爲の李賜の撰という。李賜は、李密の子である）」と記す。李密の長子である李賜、字宗石、の傳も李密傳に附されている。『隋書』經籍志・集部・總集類に梁の存目として『羊祜墮涙碑一卷』が著錄されているが、撰者の名はない。それは複數の墮涙碑の碑文を收めていたものであろうか。隋志のその部分には碑文集が竝べられているが、一つの碑についての碑文を集めた書は少なく、羊祜墮涙碑がかなりの關心を集めていたことが知られよう。

さらに、『太平御覽』卷四三、「地部、峴山」が引く『十道志』には、

十道志曰、羊祜常與從事鄒潤甫共登峴山、垂泣曰、「自有宇宙、便有此山。由來賢達勝士、登此遠望、如我與卿者多矣。皆湮滅無聞、不可得知。念此使人悲傷。我百年、魂魄猶當此山也」。潤甫對曰、「公德冠四海、道嗣前哲、令聞令望、當與此山俱傳。若湛輩、乃當如公語耳」。後以州人思暮、遂立羊公廟、幷碑於此山。

『太平寰宇記』卷一四五、襄州には、

墮涙碑在縣東九里。晉羊祜之鎭襄陽、有功德于人。及卒、百姓于峴山祜平生遊憇之所建碑立廟、歲時饗祭。望其碑、莫不流涕。杜預因名墮涙碑。

このように墮涙碑の故事は脈々と記述されていくが、『晉書』に附け加えるべき事柄はほとんどないといってよい。そしてまた「樂山水」という書き方をしているのは『晉書』以外にないのである。『晉書』では羊祜のほかにも阮籍について、「或登臨山水、經日忘歸（或いは山水に登臨し、日を經るも歸るを忘る）」（『晉書』巻四九、阮籍傳）と記している。これは『三國志』巻二一の阮籍傳にはないもので、『太平御覽』巻六一一、「勸學」に收められる『七賢傳』に、「（阮籍）或遊行丘林、經日不返（或いは丘林に遊行し、日を經るも返らず）」とあるのが、これに近い。『七賢傳』は『隋書』經籍志では「孟氏撰」、撰者の姓を記すのみだが、『舊唐書』經籍志、『新唐書』藝文志には「孟仲暉撰」と言い、『隋書經籍志詳攷』では『洛陽伽藍記』巻四に見える孟仲暉であろうとする。[4] ならば六世紀の人でずいぶん遲れることになる。『七賢傳』の「遊行丘林」、『晉書』の「登臨山水」、兩者が指している事柄は同じでも、意味には隔たりがある。「遊行丘林」は山野跋渉の實際の行動をあらわすとともに、それが宗教的ないし哲學的な摸索の隱喩になっているかに見えるが、「登臨山水」は美的對象として自然に向かい合う態度をあらわしている。阮籍について「登臨山水」と記す『晉書』は、山水を觀賞する美意識が定着してからの記述ではないだろうか。そして『晉書』羊祜傳の「樂山水」の記述も、この事柄を記す類書や地誌がすべて「登峴山」といった具體的な行爲として記し、「樂山水」と言うのが『晉書』だけであるのを見れば、これもまた後の時代の觀念から逆に照射して羊祜の登山に意味附けしたものといえないだろうか。或いは「峴山に登る」、「山水を樂しむ」というように表現が揺れていること自體が、羊祜の登山の過渡的な性格をあらわしていると言うべきか。すなわち羊祜の場合は、支配する領土を見下ろす古代の呪術的な習俗と、六朝期に浸透していく山水の美的享受、古代から中世へと變化していくその中間に位置しているのである。

山に登った土地の支配者がそこで死を思って悲しみを生じるところは共通するものの、悲哀の理由にはいくらか相違がある。齊の景公は美しい領土を捨てて自分が死んでしまうこと、自分が永遠に所有できないことを思って悲しむ。羊祜も今の自分の樂しみが永續できないことが悲哀の發端になっているのだが、久遠に存在し續ける山と有限の人の命を對比して、過去の人士の消滅を想起し、そこから現在の自分も未來には過去の人としてこの世から消えていくこと、死が人間に普遍的な必然であることに思いを致している。すなわち齊の景公が自分自身の生の喪失を悲しんでいるのに對して、羊祜の場合は人間全體の宿命のなかに自分の死を置いて悲哀を生じている。

齊の景公と羊祜の故事には、なお共通する要素がある。いずれの場合も、主君が悲しむのに對して侍從の者が慰めるのである。齊の景公の場合は、「史孔・梁丘據」(『列子』)、「艾孔・梁丘據」(『晏子春秋』內篇)、「左右の哀しみを佐けて泣く者三人」(同・外篇)、「國子高子」(『韓詩外傳』)、侍從の名前に異同はあるが、みな悲しむ景公を慰撫している。羊祜の方では鄒湛がその役割を擔っている。もっとも、慰め方は同じでない。齊の景公の家臣たちは、衣食住行のうちの食と行を擧げて、自分たちは粗末な暮らしをしていても生に執着するのであるから、すべてに充たされた殿はなおさらのことでしょうと、景公の悲しみへの共感を語る。臣下のこの言葉は期せずして景公の悲哀が何に由來するかを明らかにしている。つまり君主として享受している物質生活、充足している現世の欲望、それを放棄せざるをえないことが景公にとっての死なのだ。そしてまた家臣たちは自分たちと景公を比較して、喪失の度合いがより強い景公はより大きな悲しみを抱くことだろうというかたちで共感を示し、共感することによって景公を慰めている。一方、羊祜の家臣の鄒湛は、徳の高さがもたらす名聲を持ち出す。身は滅んでも名は永遠にのこる、名によって人は生の有限を超越できるという思考がここには見られる。名聲の永續が肉體の死を超越することを持ち出して悲哀を輕減しようとしている。景公が現世の欲望や快樂の放棄を悲しんだのに比べて、羊祜の生の哀惜は具體的でない。そこには生そのものの消失という、人間に普遍的な死の恐れが語られているように見える。

二つの故事は同じ結構をもってはいても、それが語ろうとしている意味は大きく隔たっている。齊の景公の話は、それを記している話は例外なく、景公の悲しみを晏子が笑い飛ばすという展開のなかに置かれているのだ。眼下の領土を捨てて死んでいかねばならないことを悲觀する景公に對して、晏子は古來もし死というものがないとすれば、景公が今ここにいることもできない、人間にとって死は必然であり、死あればこそ人は次々生まれてくるのだと說き、景公がそれに承伏して話は結ばれる。齊の景公の故事ではこのように死の悲しみが解決される話として語られているのに對して、羊祜の場合は論理による解決ではなく、死の必然がもたらす悲觀の情感が餘韻をのこすのである。そしてここに漂っている人生短促を悲しむ情感は、後述するように六朝期に擴まっていく抒情のかたちに繫がっていく。

齊の景公の故事にはバリエーションが多いが、そのなかには景公の悲嘆が酒席で發せられたことを記しているものがある。『晏子春秋』外篇卷七に「景公　酒を泰山の上に置く。酒酣にして、公　其の地を四望し、潸然として嘆き、涙數行にして下る」。同じ巻には登高の要素はないが、宴席で死に言及する話も見える。「景公　酒を飲みて樂しむ。公曰く、古よりして死無くんば、其の樂しみ若何、と。晏子對えて曰く、古よりして死（無くんば）、則ち古の樂しみなり。君何ぞ得んや。……」」。羊祜の場合は明らかに峴山に登り、「置酒言詠」しての感慨である。このように歡樂のさなかにあって生を惜しんで悲哀を生じるというかたちにも類型がある。漢武帝「秋風辭幷序」（『文選』巻四五）に言う、

上行幸河東、祠后土。顧視帝京、欣然。中流與群臣飮燕。上歡甚、乃自作秋風辭曰、
秋風起兮白雲飛、草木黃落兮鴈南歸。蘭有秀兮菊有芳、攜佳人兮不能忘。泛樓舡兮濟汾河、橫中流兮揚素波、簫鼓鳴兮發棹歌、歡樂極兮哀情多、少壯幾時兮奈老何。

上は河東に行幸し、大地の神を祭った。帝都を振り返って、満足げであった。河のなかで臣下たちと酒盛りを催した。上はいたくご機嫌で、自ら秋風の辭を作り、それには言う、
秋の風が立ち白い雲が飛ぶ。草も木も枯れて鴈は南に向けて歸る。蘭は花咲き菊は香る。佳人を忘れがたく攜えてきた。やぐら船を浮かべ汾河を渡る。白波をあげながら河のただなかを横切る。笛太鼓が鳴り、舟歌が起こる。喜びが行き着くところに悲しみが生まれる。若い時はどれほどあることか、迫りくる老いはいかんともしがたい。

これは『漢書』には見えず、『漢武帝故事』と『文選』に載せられているものだから、漢武帝の「自作」という信憑性は乏しいが、「歡樂」の絕頂にあって「哀情」を發していること、その「哀情」は老いを必然とする人間に普遍の悲しみであること、羊祜の涙に共通するといえよう。

作者の確かなところでは、魏文帝曹丕（一八七―二二六）にも歡樂の中にあってその樂しみがつかの間のものであることを悲しむ述懷がある。「與朝歌令吳質書」（『文選』卷四二）に言う、

……淸風夜起、悲笳微吟。樂往哀來、愴然傷懷。余顧而言、斯樂難常。足下之徒、咸以爲然。今果分別、各在一方。……

……淸らかな風が夜になって生じ、笳がほのかに音を立てていた。樂しい時間が去って悲しみが到來し、戚戚として胸を痛めた。私はみなの方を向いて言った、「この幸福はいつまでも續くものではない」と。君たちも、みな同意した。今、果たして別離して、それぞれちりぢりになっている。

……

建安の文人たちとの幸福な交遊、そのさなかにあって曹丕はそれが永續しないことを豫測し、果たしてその時の豫測どおり、仲間たちは或いは死に或いは離ればなれになった後に回想した言辭である。歡樂の絕頂にあってそれの喪失を豫測し悲痛するという點では漢武帝「秋風辭」に通じるが、「秋風辭」は饗宴の

最中という今現在の時點から、それが終結に向かうことを感取し、それを擴げて人生も少壯から老へと移行していく時間の流れを嗟嘆するのに對して、曹丕の場合は歡樂の最中にあってその喜びが永續しないことを豫感したことを、ともに樂しんだ文人たちがすでに物故し離散したあとになった時點から振り返って述べている。すなわち、過去において未來を豫感したことを、その未來が現在になった今の時點からふりかえるという錯綜した時間構成が、述懷をより複雑で感慨深いものにしている。

羊祜よりほぼ一世代後の西晉・石崇（二四九—三〇〇）が元康六年（二九六）、金谷園で盛大な酒宴を催したことは石崇の「金谷詩序」（『藝文類聚』巻九など。『全晉文』巻三三）に語られている。それがいかに豪奢な宴であったかを記したのに續けて言う、

感性命之不永、懼凋落之無期、故具列時人官號姓名年紀、又寫詩著後。後之好事者、其覽之哉。……

生命が永久に續かないことを思い、いつこの世を去るとも知れぬことを恐れ、そこでこの時の人の官名・姓名・年齢をつぶさに記録し、また後ろに詩をつけておく。後世に興味をもつ人が、これを見るかも知れない。……

石崇の盛宴もその最中において、それがほどなく果てることを、そしてそこに與った人々もまたこの世から消えていくことを豫感し、悲しみを抱いている。

宴の最中にあって悲嘆を發する典型的な例は、王羲之「蘭亭詩序」に見られる。『晉書』卷八〇、王羲之傳に引かれたそれは、宴の樂しさを列擧したあと、突如として悲嘆に轉じる。

夫人之相與俯仰一世、或取諸懷抱、悟言一室之內、或因寄所託、放浪形骸之外。雖趣舍萬殊、靜躁不同、當其欣於所遇、暫得於己、快然自足、不知老之將至。及其所之旣倦、情隨事遷、感慨係之矣。向之所欣、俛仰之間、已爲陳跡、猶不能不以之興懷。況修短隨化、終期於盡。古人云、死生亦大矣、豈不痛哉。……

いったい人がみな一生を送るにあたって、胸中の感懐を一室のなかでひそやかにかたることもあれば、志のおもむくまま自由奔放にふるまうこともある。このように人間の生きかたは實に靜動さまざまであるが、しかしだれしも境遇のよろこばしく得意なときには、しばしそこに滿ちたりて、老境がわが身をおとずれようとしていることにさえ氣がつかないでいる。やがて得意が倦怠にかわり、感情がうつろいゆくと、それにつれてやるせない感慨がこみあげてくる。ついいましがたまでよろこびであったものが、つかのまにもはや過去のものとなってしまって、ただこれしきのことにすら人間の心は動かされずにはおれないのである。ましてや人間の生命は長い短いのちがいこそあれ、けっきょくは盡きることを約束されている。古人は、「死生もまた大なり——死生こそ一大問題だ」といっているが、いたましいかぎりではないか」。……(5)

このように見てくると、宴の歡樂の最中にあってそれが果てることを豫知し、さらにそこから人生そのものが時間のなかの一齣に過ぎないという認識に攄げて悲哀を生じるというかたちは、六朝期の全體にわたって流れている一つのモチーフであったことがわかる。[6]そして羊祜が峴山に登って生じた悲しみも、そうしたモチーフの一つの早い時期におけるあらわれだったのである。

歡樂の最中で悲哀を發する契機となるものが、「蘭亭詩序」には明示されていないために、唐突に悲嘆に轉ずるかに思われるが、その宴を「信《まこと》に樂しむべきなり」と述べる、一つ前の段落のなかに、悲嘆に繫がる伏線は潛んでいる。それは「仰ぎて宇宙の大なるを觀、俯して品類の盛んなるを察す」の「宇宙」の語にある。羊祜の言葉にも、「宇宙有りてより、便ち此の山有り」、今、自分が登っている峴山を宇宙開闢以來の時間の流れのなかに位置づけ、そこから「由來賢達勝士、此れに登りて遠望すること、我れと卿の如き者多し」と、悲しみを生じるに至る心理の過程が明らかに記されている。王羲之の「宇宙」は空間を指すものであるけれども、いずれも時空の大きな全體のなかに今の自分を置いてみることによって悲哀に繫がっていくのである。

羊祜峴山の故事には、宴の中に悲嘆を生じる類型には見られない要素がさらにある。一つは、悲しむ羊祜を慰める鄒湛の存在である。鄒湛の慰めの言葉には、人の命は有限であっても名聲をのこすことによって永遠たりうるという、もう一つの觀念が認められる。そして鄒湛のこの言葉は決しておざなりの慰めではなく、上司に對する卑屈なへつらいでもなく、鄒湛の羊祜に對する敬愛の情が眞にこもっているかに感じられるために、この話柄は人の悲しみを語るものであっても、そのなかに人間の溫かみを含んだ、氣持ちのいいものになっている。主從の間にふだんからあったであろう信賴と敬愛を傳えているのである。それがこの話が語り續けられたもう一つの理由であろう。

羊祜に對して愛情を覺えていたのは、鄒湛だけではなかった。恩愛の情豐かな治世者であったとされる羊祜は、「襄陽百姓」にとっても慕われるべき對象だったのである。その碑を望んで人々が淚したのは、直接には優れた爲政者を失った悲しみによるであろうが、その碑が峴山の「平生遊甜之所」に建てられたことは、峴山を樂しむ自分も過去の人物と同じようにこの世を去るであろうことを豫測した羊祜の悲しみを、羊祜が死んだあとに共有して悲しむという心情も含まれていたことであろう。とすれば、曹丕が一人の內部において體驗した、過去における未來を現在から振りかえるという時間構造を、主體を換えてあらわしていることになる。また、石崇や王羲之が自分たちの湮滅を豫想したにとどまるのを、第三者を設けることによって確認しているともいえよう。

このように羊祜「墮淚碑」の故事は、歡樂のなかで生じる悲哀という六朝に通底する型を備えつつ、さらに君臣間の溫かな情愛を帶びることによって、心地よい感傷でくるみながら、傳えられていく。

二　唐代の繼承

羊祜墮淚碑故事の骨格となっていた、自然の悠久と人のはかなさとの對比、命の不定《ふじょう》から發する悲哀の情感、それは初唐の抒情詩のなかで繰り廣げられることになる。劉希夷（六五一―？）の「代悲白頭翁」、張若虛（？―？）の「春江花月夜」、いずれも七言のたおやかな流れに身をゆだねるようにして、人の生の短促を感傷をこめて唱う。そこにあふれているのは、悲しみを甘美な色に染めて柔らかに歌い上げる情感である。

初唐歌行詩の感傷的な情感をぬぐい去って、同じテーマを形而上的な樣相のもとに再構成しているのが、陳子昂（六六一―七〇二）の「登幽州臺歌」である。そこでは時空の廣大な廣がりの中にぽつんと置かれた人間の孤獨というものが抽象的なまでに研ぎすまされて形象化されている。いまさら掲げるまでもない名高い作であるが、ただそれには僞作とする說もある。(7)

峴山と羊祜は、陳子昂の作であることが確かな詩のなかに詠じられている。「峴山懷古」（『全唐詩』巻八四）に言う、

秣馬臨荒甸　　馬を秣《まぐさか》いて荒甸に臨み
登高覽舊都　　高きに登りて舊都を覽る
猶悲墮淚碣　　猶お墮淚碣を悲しみ
尙想臥龍圖　　尙お臥龍圖を想う
城邑遙分楚　　城邑　遙かに楚を分かち
山川半入吳　　山川　半ば吳に入る

丘陵徒自出　丘陵　徒《いたずら》に出で
賢聖幾凋枯　賢聖　幾《ほとん》ど凋枯す
野樹蒼煙斷　野樹　蒼煙斷え
津樓晩氣孤　津樓　晩氣に孤なり
誰知萬里客　誰か知らん　萬里の客の
懷古正躊躕　古を懷いて正に躊躕するを

襄陽にまつわる古人、羊祜と諸葛亮を偲び、彼らがこの世を去ったことを悼んでいるのではあるけれども、しかし詩全體の重心は人の代謝を悲しむことではなく、羊祜や諸葛亮と同じように功業を立てたいという作者の願望を表出することにある。それは羊祜と諸葛亮の二人を竝べたことによって共通する意味が明らかになるためであり、また末二句が二人を思慕し敬愛する作者の心情に歸着するところにもあらわれている。陳子昂が「墮涙碑」の事を用いながらも、人生短促の感傷に沈潛する方向には向かわず、己れの意志とそれが實現できない煩悶を唱っているところは、初唐詩における陳子昂の役割をよくあらわしている。

張九齢（六七八―七四〇）の「登襄陽峴山」（『全唐詩』巻四九）にも、諸葛亮と羊祜が對になって登場しているが、全體の情感は陳子昂とは異なる。

昔年亟攀践
征馬復來過
信若山川舊
誰如歳月何
蜀相吟安在
羊公碣已磨
令圖猶寂寞
嘉會亦蹉跎
宛宛樊城岸
悠悠漢水波
透迤春日遠
感寄客情多
地本原林秀
朝來煙景和
同心不同賞
留歎此巖阿

昔年　亟《しば》しば攀践し
征馬　復た來たり過ぎる
信に山川の舊の若し
誰か歳月を如何せん
蜀相　吟　安くにか在る
羊公　碣　已に磨せり
令圖　猶お寂寞
嘉會　亦た蹉跎
宛宛たり　樊城の岸
悠悠たり　漢水の波
透迤として春日遠く
感寄せて客情多し
地は本と原林秀で
朝來　煙景和す
同心　賞を同じくせず
留歎す　此の巖阿

ここでは往時を悼む悲しみの感情が支配的になっているように見える。感傷にとどまり、人の生についての思辯にまでは至っていないのである。

孟浩然（六八九―七四〇）は生涯のほとんどを襄陽の地で送ったために、峴山や羊祜をたびたび詩のなかに用いているが、羊祜の故事を正面から取り上げ、そのテーマを直接扱っているのは、「與諸子登峴山」詩である（『孟浩然詩集』巻上）[8]。

人事有代謝　人事には代謝有り
往來成古今　往來して古今を成す
江山留勝迹　江山　勝迹を留め
我輩復登臨　我らが輩　復た登臨す
水落魚梁淺　水落ちて魚梁淺く
天寒夢澤深　天寒くして夢澤深し
羊公碑字在　羊公　碑字在り
讀罷涙霑襟　讀み罷りて涙　襟を霑す

冒頭の二句は、人が次々生まれては死に、それを繰り返すことによって歴史が作られていくという一般論から始まる。そこに羊祜の故事に見える人間の生死に關する觀念が明らかに懷抱されているが、しかし人間の歴史全體を視野に収める大きな視點から述べているために、悲哀の感情はあらわでない。三・四句は永遠の自然とそれに對する人間が對比される。そこに臨む自分たちは永續する「勝跡」にひとたび觸れる人間の一部であり、直接表されてはいないものの、すでに悲哀を帶びている。その悲哀は五・六句で風景に反映され、そして七・八句に「涙霑襟」という慣用表現で露呈されて詩が終わる。人生短促の悲哀をテーマとする詩には違いないのだが、しかしより重要なのは悲しみを唱うことよりも、羊祜の言辭のなかに示されていた過去—現在、現在—未來というかたちで自分を人間の歴史のなかに位置づける視點をそのまま共有していることの意味である。羊祜が過去の峴山登山者の不在から現在の登山者である自分も未來においては不在者となるであろうと悲痛したように、孟浩然は「我らが輩」も「復」た羊祜と同じように峴山に登り、羊祜が豫見したように羊祜の不在を確認する一方、自分たちの未來における不在を豫見し、そうした人間の定めを思って涙するのである。羊祜の悲哀を孟浩然も共有する。先人の感慨を共有することによって孟浩然は連綿と續いてきた人の流れのなかに自分自身をも組み込む。歴史のなかに己れを組み入れることによって傳統に連なることを確認するのである。そして自分にとどまらず、人はこれからのちも自分と同じように、過去—現在—未來が順繰りに繰り返されていくであろうという認識。人の生の反復を認識することによって、死んでは生まれ、生まれては死んでいく人間の一部であるという人間全體の運命への歸屬感を抱く。悲哀を抱きつつも、人の連なりへの歸屬を確認することによって、感傷に流されない、或る種の達觀に近づいた思辯の詩となっているところが、この詩が愛好されたゆえんであろう。

孟浩然は「盧明府九日峴山宴袁使君・張郎中・崔員外」詩（同上巻下）にも、峴山のテーマを取り上げている。その冒頭「宇宙　誰か開闢す、江山　此《ここ》に鬱盤す」の二句からすでに羊祜の述懐が響いている。詩には自然の永遠性のなかでつかの間の行樂をする人の營みという同じ感慨が底流しているが、社交的な性格の詩ゆえにテーマは「與諸子登峴山」詩ほどあらわに述べられていない。

峴山羊祜の故事は、唐代の詩のなかに常用の典故として頻見する。しかしその主題を一篇の詩全體で扱ったものは、孟浩然の「與諸子登峴山」詩に代表されるだろう。そして杜甫、また中唐の名だたる詩人には、峴山の嘆きを正面から唱う詩篇は見られない。それは詩の主題がしだいに變化していく過程を示すものであろうか。

三　宋代の展開

宋代に入っても、羊祜に對する追慕の情は續く。梅堯臣の「送王龍圖源叔之襄陽」詩（『梅堯臣集編年校注』卷一七。慶曆七年（一〇四七）[9]）では、襄陽に赴任する王洙（字原叔）に對して、「行當至峴山、羊公存廟像。簫鼓有時奠、道德其可仰」と、羊祜のような治を行うように勵ますが、その詩に見送られて襄陽に赴任した王洙が、廢れていた羊祜の廟堂を修復し、祀りを再開したことは、范仲淹「寄題峴山羊公祠堂」詩（『全宋詩』卷一六五）[10]に述べられている。

襄陽以外の地に、羊祜を記念する臺が築かれたこともあった。裴材は嘉祐年間（一〇五六―六三）、臨川に着任するとその翌年、臨川の町の東南偶に「擬峴臺」を築いた。そのことは王安石の「爲裴使君賦擬峴臺」

詩に見える（『王荊文公詩李壁注』巻三五）(11)。羊祜に對するこのような尊崇の念は、何よりも羊祜が治世者として德高い功績をのこしたからであり、田錫は「羊祜杜預優劣論」（『咸平集』巻一一）を著して、德に勝る羊祜に軍配をあげている。

峴山墮涙の故事は、詩のなかで唐代と同じように繰り返し用いられているものの、宋代では優れた爲政者としての羊祜に注目する方向に傾いていく。

そしてその羊祜の故事に對して、從來には見られなかった態度が出現するのも宋代である。それは歐陽脩「峴山亭記」に見られる。

峴山臨漢上、望之隱然、蓋諸山之小者。而其名特著於荊州者、豈非以其人哉。其人謂誰。羊祜叔子・杜預元凱是已。

方晉與吳以兵爭、常倚荊州以爲重、而二子相繼於此、遂以平吳而成晉業、其功烈已蓋於當世矣。至於風流餘韻、藹然被於江漢之間者、至今人猶思之、而於思叔子也尤深。蓋元凱以其功、而叔子以其仁、二子所爲雖不同、然皆足以垂於不朽。余頗疑其反自汲汲於後世之名者、何哉。

傳言叔子嘗登茲山、慨然語其屬、以謂此山常在、而前世之士皆已湮滅於無聞、因自顧而悲傷、然獨不知茲山待己而名著也。元凱銘功於二石、一置茲山之上、一投漢水之淵。是知陵谷有變而不知石有時而磨滅也。豈皆自喜其名之甚而過爲無窮之慮歟。將自待者厚而所思者遠歟。

山故有亭、世傳以爲叔子之所遊止也。故其屢廢而復興者、由後世慕其名而思其人者多也。熙寧元年、余友人史君中煇以光祿卿來守襄陽。明年、因亭之舊、廣而新之。既周以回廊之壯、又大其後軒、使與亭相稱。君知名當世、所至有聲、襄人安其政而樂從其遊也。因以君之官、名其後軒爲光祿堂。又欲紀其事于石、以與叔子・元凱之名竝傳于久遠。君皆不能止也。乃來以記屬於余。

余謂君知慕叔子之風、而襲其遺迹、則其爲人與其志之所存者、可知矣。襄人愛君而安樂之如此、則君之爲政於襄者、又可知矣。此襄人之所欲書也。若其左右山川之勝勢、與夫草木雲烟之杳靄、出沒於空曠有無之間、而可以備詩人之登高、寫離騷之極目者、宜其覽者自得之。至於亭屢廢興、或自有記、或不必究其詳者、皆不復道。　熙寧三年十月二十有二日、六一居士歐陽脩記。（『居士集』巻四〇）

峴山は漢水を見下ろす位置にあり、遠くから眺めるとはっきりしない。山々のなかでも小さなものなのである。それなのに荊州のなかでとりわけ名高いのは、それにまつわる人のためではないか。その人は誰かといえば、羊祜、字は叔子、そして杜預、字は元凱にほかならない。

晉が呉といくさをしていた時、常に荊州を重要な據點としたが、二人は相次いでこの地にあり、ついに呉を平らげて晉を建てる大業を成し遂げた。その功績は當時の人々を壓倒するものであった。彼らの遺風は、江漢の地一帶にゆったりと廣がり、今に至るまで人々の心にのこっているが、羊祜に對する思慕はとりわけ深い。それは杜預は功業で、羊祜は仁で知られるからである。二人のしたことは同じでないが、どちらの遺業も不朽というに足るものである。しかし私はそうした事跡がありながら、彼らが後世に名を遺そうとあくせくしていたのはなぜか、不思議でならない。

傳えられた話によると、羊祜はこの山に登って、深く嘆息して屬僚に「この山はずっと存在しているのに、過去の人たちはみな滅びてしまった」と語り、そして自分を顧みて悲しんだという。この山は自分のおかげで名が高くなったことを知らないのである。杜預は二つの石に自分の功績を刻み、一つはこの山の上に置き、一つは漢水の水底に沈めた。山と谷が變化するのを豫知してのことだが、石でもいつかは摩滅することを知らないのである。いずれも自分の名前にこだわりすぎて、永遠に遺そうという過度な配慮をしたものであろうか。或いは自分に期するところが大きすぎて遙か遠くまで思慮したのであろうか。

山にはもともと亭があり、羊祜が遊んだところと傳えられている。何度も朽ちては復興されたのは、後世にその名を慕いその人を思う者が多かったからである。熙寧元年、私の友人の史中煇君が光祿卿の肩書きをもって襄陽の太守となった。翌年、亭を元の規模の通りに新たに擴張し、壯大な回廊をめぐらせ、後ろの建物も大きくして亭を釣り合うようにした。君は世に著名であり、至るところに聲望がある。襄陽の人はその治世に滿足し、喜んで一緒に行樂した。君の肩書きによって、後ろの建物を光祿堂と名付けた。さらにその事績を石に記して、羊祜や杜預の名とともに永遠に傳えようとした。それをすべて君は止めさせることができず、私に文を綴るように賴んできた。

私は君が羊祜の人品を慕って、その遺跡を踏襲しているのだと思う。ならば、君の人格と志向は、理解できよう。襄陽の人が君を愛してこのように平安でいられるのだから、君の襄陽における治世は、理解できるだろう。それが襄陽の人たちが書き付けたいことだ。まわりの山水の優れた景勝、靄をかぶった草木や雲が廣大な空間のなかで見え隠れするさま、詩人が登高し遠くを眺めて「離騒」を書けそうな様子は、この景を見る人が自分で體得できよう。亭が何度も興廢したことは、それについての記録があり、詳しく語るまでもないから、いっさいここには記さない。　熙寧三年十月二十有二日、六一居士歐陽脩記す。

熙寧三年（一〇七〇）といえば、歐陽脩は六十四歳。その年の七月、最後の官となった知蔡州に任じられ、九月二十七日に蔡州に着任している(12)。

史中煇については、熙寧元年、襄陽の知として赴任したことがここに記されている以外に事跡は明らかでない。史中煇が峴山亭を改修し、さらに光祿堂なるものを增築し、羊祜・杜預に倣って自分の功績を記した石碑を建てようとしたのに際して、文を依賴された歐陽脩の趣旨は明らかで、名を後世に遺そうとして汲々とすることよりも、後世に名を遺すに足る實績をあげることにこそ努めるべきだというのだが、そうした全體の趣意の要求があるとはいえ、羊祜・杜預に對する態度がそれまで續いてきた禮贊から逆轉していることに着目せざるをえない。二人の功績を否定するものではないが、しかし功績をあげればそれで十分であるはずなのに、さらに名を遺そうとした二人の心情が理解できないと歐陽脩はいう。羊祜・杜預を竝べて語っているために、歐陽脩の行文にはいくらか論理に曖昧な部分を含んでいる。杜預に對する意見は明快で、自然の變化をも顧慮して山の上と水の底に二つの碑を用意したのは、石自體が摩滅することを知らない愚かな配慮だったというのである。それに比べて羊祜に對する批判はわかりにくい。峴山は實際には無名の小さな山に過ぎず、羊祜の名聲によってその名がのこったにすぎないというのに、羊祜が山の永續に對して自分の湮滅を嘆いたのがおかしいというのだろうが、名をのこすのに汲々とした人物として杜預と一括されている。直接の批判の對象は今、同じことを繰り返そうとしている史中煇に向けられているのであり、まず功業をあげることこそ肝要だと歐陽脩はいいたいのである。そうした文脈のなかにおかれたものであるとはいえ、それまでに共感され續けてきた羊祜の悲嘆に對して、ここでは一瞥もくれていない。人生の短促を過去の人とともに悲しむという抒情の枠組みが崩されているのである。そもそも中國古典文學は文學的因襲が感情や思考の型を用意し、それが時間軸のなかで共有されるところに、文學が營まれてきたものであった。六朝から唐代へと踏襲されてきたそうした類型が、歐陽脩によって壞されていることは、文學の全體がここで大きく變質することをあらわしている。これも唐と宋の斷絶、中世から近世への變貌の一つのあらわれではないだろうか。

歐陽脩の羊祜に對する見方には、「峴山亭記」での主張を貫くために、敢えて斜に構えたような態度を伴なっていないでもない。しかし歐陽脩の門下に當たる蘇軾に至ると、人生短促の傳統的な悲觀の情は完全に拂拭されている。「赤壁賦」のなかの「客」が月夜の赤壁から曹操を想起し、「一世之雄」たる曹操すら湮滅したことを思って、「吾が生の須臾なるを哀しみ、長江の窮まり無きを羨む」と嘆くのは、峴山の上で涙した羊祜と同質の悲觀の情に滿ちている。それに對して「蘇子」は悲觀を樂觀に轉じる新たな哲學を開陳していくのである。(13) 歐陽脩が悲觀の共有を否定したのを受けて、蘇軾はさらにそれを積極的に主張しているのだ。

歐陽脩・蘇軾の登場によって、羊祜の悲嘆がとぎれるというわけではない。人生短促の悲哀、その悲哀にともなう甘美な感傷、それはそれで一つの抒情として文學のなかに繼承されていく。しかしそれとは異質の、悲觀の情感を乘り越える新たな抒情がこのようにして生まれていくことを、羊祜墮淚碑の展開を通して見ることができる。

注

（1）「登高」のもつ呪術的な意味については、先行研究の紹介も含めて、宇野直人「登高詩の變遷 その一」（『中國古典詩歌の手法と言語――柳永を中心として――』研文出版、一九九一、所收）に詳細に說かれている。
（2）『四庫全書總目提要』子部類書類『北堂書鈔』に「此書蓋世南在隋爲祕書郎時所作」。『舊唐書』巻七二、虞世南傳に「大業初、累授祕書郎、遷起居舍人」、『新唐書』巻一〇二、虞世南傳に「大業中、累至祕書郎」。
（3）吳海林・李延沛『中國歷史人物生卒年表』（黑龍江人民出版社、一九八一）による。
（4）興膳宏・川合康三『隋書經籍志詳攷』（汲古書院、一九九五）。范祥雍『洛陽伽藍記校注』（上海古籍出版社、一九五八。一九七八新版）の注にも、「『新唐書』五八藝文志有孟仲暉『七賢傳』七卷、與此孟仲暉殆是一人」という。
（5）譯は吉川忠夫『王羲之――六朝貴族の世界』（清水書院、一九七二。一九八四新書版）による。
（6）宴會の歡樂の最中に悲哀を發する類型の形成とその展開については、川合康三「うたげのうた」（本書收錄）を參照。
（7）羅時進「《登幽州臺歌》獻疑」（『唐詩演進論』、江蘇古籍出版社、二〇〇一、所收）。
（8）『孟浩然詩集』（上海古籍出版社影印宋本、一九八二）。

（9）朱東潤『梅堯臣集編年校注』（上海古籍出版社、一九八〇）。
（10）『全宋詩』第三册（北京大學出版社、一九九一）。
（11）朝鮮活字本影印『王荊文公詩李壁注』（上海古籍出版社、一九九三）。
（12）林逸『宋歐陽文忠公脩年譜』（臺灣商務印書館、一九八〇）。
（13）山本和義「蘇軾の詩にあらわれた人生觀――四川大學に於ける學術報告・草稿」（『南山國文論集』第一一號、一九八七）など、一連の山本氏の論考を參照。『詩人と造物――蘇軾論考』（研文出版、二〇〇二）に所收。

附記1：本論の骨子は二〇〇一年三月、臺灣大學中文系主催の「日本漢學國際學術研討會」において發表し、その席上、清華大學の林慶彰、臺灣大學の柯慶明、張淑香、金澤大學の李慶の諸教授から貴重な意見を受けた。それに觸發されて加筆したことを記して、謝意を表する。

附記2：羊祜の故事を「追憶」の觀點から論述したものに、Stephen OWEN; *Remembrance: The Experience of the Past in Classical Chinese Literature*（Harvard University Press, 1986）がある（綠川英樹氏の敎示による）。

半夜鐘

詩話に見る詩觀の轉變

唐・張繼の七言絶句「楓橋夜泊」は、數多い唐詩のなかでもとりわけ名高い詩の一つに數えられる。廣く讀まれたアンソロジー、中國では『千家詩』・『唐詩三百首』、日本では『三體詩』・『唐詩選』、そのいずれにも收められていることが、一般への流布を物語る。與謝蕪村が師匠から讓り受けた號「夜半亭」がこの詩に由來し、泉鏡花が內容には關わらないものの、小說に『鐘聲夜半錄』と題しているなど、文人の間にも痕跡をのこしている。さらに兪樾の筆による碑の拓本が日本にも廣く傳わり、書としても親しまれている。本文の字の異同が多いことも、この詩が廣く傳播していたことの證左になろう（今、問題とする「半夜鐘」についても、「夜半鐘」に作るテキストがかなりある）。

詩そのものが人口に膾炙していたのみならず、その詩のなかの「半夜鐘」をめぐる議論が、宋代の詩話をにぎわしてきたこともよく知られている。果たして實際に深夜に寺の鐘が鳴るかどうか、という問題である。詩が事實と合わないことを指彈するのは、「寫生」を旨とするわが俳句にもあって、夏目漱石の句「落ちざまに虻を伏せたる椿かな」に對して、椿の花は上向きに落ちるものだと非難されたことがあったように、古くて新しい問題ともいえる。

「半夜鐘」について最初に疑義を呈した歐陽脩（一〇〇七―七二）『六一詩話』のその條を今一度讀み返してみると、のちの議論では遺《わす》れられたことも含まれている。

詩人貪求好句、而理有不通、亦語病也。如「袖中諫草朝天去、頭上宮花侍宴歸」、誠爲佳句矣。但進諫必以章疏、無直用稾草之理。唐人有云、「姑蘇台下寒山寺、半夜鐘聲到客船」。說者亦云、句則佳矣、其如三更不是打（一作撞）鐘時。如賈島哭僧云、「寫留行道影、焚却坐禪身」。時謂焼殺活和尚、此尤可笑也。若「歩隨青山影、坐學白塔骨」、又「獨行潭底影、數息樹邊身」、皆島詩。何精粗頓（一本無頓字）異也。

（郭紹虞主編、中國古典文學理論批評專著選輯『六一詩話・白石詩說・滹南詩話』、人民文學出版社、一九八三。引用者按台字當作臺。）

詩人が佳句を追い求めるばかりに、すじが通らないことがあるのは、それも表現の缺陥である。「袖中の諫草　天に朝して去《ゆ》き、頭上の宮花　宴に侍して歸る」というのは、まことによい句である。しかし諫言を呈するには必ず章疏を用いるもので、草稿をそのまま使うということはありえない。唐人の詩に、「姑蘇臺下寒山寺、半夜の鐘聲　客船に到る」という。「いい句ではあるが、三更は鍾を打つ時刻でない」という人がいる。賈島が僧侶の死を哭して、「寫留す行道の影、焚却す坐禪の身」（「哭柏巖和尚」詩）という。生きている坊さんを焼き殺してしまったと言われたが、これが一番おかしい。「歩みて隨う青山の影、坐して學ぶ白塔の骨」（「贈智朗禪師」詩）とか「獨り行く潭底の影、數しば息う樹邊の身」（「送無可上人」詩）とか、いずれも賈島の詩だ。（一人の詩人のなかで）精粗がかくも異なるのはどういうことだろう。

歐陽脩は詩が事實と齟齬することを詩の缺陷として、三つの具體例を擧げている。「袖中……」詩は作者を擧げていない。「姑蘇……」の作者はもちろん張繼であるが、ここでは「唐人」としか言わない。「寫留……」詩は賈島の作であることを明示するのみならず、賈島の他の二篇の詩の句を引いて、一人の作者のなかでかくも違うことにいぶかりの念を示している。三人の詩人の詩句を擧げながら、作者を記す態度には明らかな違いが認められる。詩句と作者の結び付きがしだいに強くなっているのだ。だから賈島に至っては、賈島という一人の詩人の内部における整合性が問題とされている。張繼については「唐人」とまでは規定しても、名を擧げていないのは、賈島が個性ある詩人として周知されていたのと違って、「姑蘇……」詩が、唐詩という性格まではもっていても、張繼という個別の作者との結びつきが稀薄であったためだろうか。事實、我々の認識においても、盛唐詩に時折見られる、よく知られた詩篇はあってもその作者についてはなじみがない、という例の一つに張繼は入るだろう。

問題の提起も、實は歐陽脩自身のことばとして直接發せられたものではない。張繼の詩については「說者亦云」、賈島については「時謂」と言うように、いずれも他者の意見として記しているのである。「說者」「時謂」という言い方は、『六一詩話』にはほかにも見える。たとえば梅堯臣の言葉を記した條のなかに、

聖兪嘗云、「詩句義理雖通、語涉淺俗而可笑者、亦其病也。如有『贈漁父』一聯云、『眼前不見市朝事、耳畔惟聞風水聲』。說者云、『患肝腎風』（四字一作『此漁父肝藏熱而腎藏虛也』）。又有詠詩者云（一本無以上六字）、『盡日覓不得、有時還自來』。本謂詩之好句難得耳、而說者云、『此是人家失却猫兒詩』。人皆以爲笑也」。

梅堯臣がこう語ったことがある。「詩句は意味が通じても、言葉が通俗的でおかしいのは、やはり缺陷だ。『漁父に贈る』の一聯に、『眼前に見ず　市朝の事、耳畔に惟だ聞く　風水の聲』という。『肝臓と腎臓の病氣だ』という人がいる（四字は『この漁師は肝臓が炎症を起こし腎臓を病んでいるのだ』とも作る）。また詩について詠じた人がいて（上の六字がないものもある）、『盡日　覓めて得ざるも、時有りて還た自ら來たる』という。もともとはよい詩句を得難いことをいっているのだが、それを『これは飼い猫がいなくなった人の詩だ』という人がいて、大笑いになった」。

また、「時謂」は、松江に作られた新しい橋を唱った蘇舜欽の詩を稱えた條にも見える。

……時謂此橋非此句雄偉不能稱也。……

……この橋はこの雄々しい詩句こそふさわしいと人々に言われたものだった。……

ここでの「時謂」は世間の評判、その時代の人々の賞贊を代表しているものであり、先の「說者」は詩句をわざとふざけて解釋して座興に供している、そういう場のなかで發せられたものである。作者が讀者に要求する詩の讀み方、それは詩を成り立たせている文學環境のなかで無言のうちに成立している枠組みであるが、それを承知のうえで本來の意味を敢えてずらし、ふざけた解釋を投げかけて興じ合う、そんな雰圍氣のなかでの言辭であることがわかる。もちろん歐陽脩自身も「時謂」や「說者」の發言に與しているのだが、こうした言い方は、歐陽脩個人の獨特の見解を主張するというよりも、このような故意の曲解を呈しておもしろがる場というものがあり、その雰圍氣のなかで發せられた言辭であることを示している。

同じく「說者」の言として記された「夜半鐘」をこうした文脈のなかにおいてみると、必ずしも張繼の詩の致命的缺陷を歐陽脩が取り上げて糾彈したというものではなく、このように瑕疵を指摘することもできるといった輕い戲れとして受け止められよう。もともと詩話なるものは、正面から文學の正しいあり方を論じたものではなく、輕やかな座談といった性格をもっているが、「說者」のことばとして記されるこの場合は、氣輕な座興と結びついていることがいっそうはっきりしている。

とはいえ、そこに歐陽脩やその周邊の人々の詩觀が反映していないわけではない。そしてここには詩と事實との關係についての重大な問題提起が含まれていることは確かで、だからこそ以後に續々と議論が生じているのだ。

歐陽脩が「理有不通」というのは、詩が事實と齟齬することを指している。詩は事實と繫がっていなければならないとしながらも、「理」さえ通ればいいというわけではないことは、梅堯臣の語として記された

「詩句義理雖通、語渉淺俗而可笑者、亦其病也」の條からも明らかだ。二つの條は一對として讀まれなければならない。ばならない。「義理」は「通」じても「語」がおかしい「病」、「好句」を追求するあまり「理」が通じない「語病」――歐陽脩は詩と事實との關係における兩極端を擧げているのである。

歐陽脩は事實に忠實でありさえすればいいと考えていたわけではないことが確認されたが、しかし後續する詩話は、「理有不通」の指摘だけを取り上げて、それに對する反證を續々と擧げている。一連の反論が根據とするのは、實際に深夜に鐘を撞くことがあること、過去の書物にもそれが見られること、その二つにまとめられる。そこには文獻資料（史書と唐詩）と當時の事實とを等價に扱う態度が期せずしてみられる。文獻資料のなかでも史書と唐詩とがともに事實を示すものとして同等にみなされている。つまり書かれていることと現實のことが區別されず、また歷史の言說も詩の言說もひとしなみに事實の記錄として受け止められていたことを示している。これは今日我々が文獻の記述と實際とを、また史書と詩とを區別する態度とは隔たりがある。事實であることの說得にはしばしば自分自身が體驗したことが語られるが、宋代の詩評には自分が體驗してみて初めて詩が理解できたというかたちの評價が記されているのも、それと通じるところがある。

宋の詩話は半夜の鐘が事實として存在していたか否か、その問題に終始するものであって、もし事實でないとしたら、詩の解釋にどのような意味が加わることになるか、そうした方向には說き及んでいない。しかしそこから新たな詩の解釋が生まれていることが、五山の注釋からうかがうことができる。村上哲見

『漢詩と日本人』（講談社、一九九四）、堀川貴司「『三體詩』注釋の世界」（『日本漢學研究』第二號、一九九八）などに詳しく論じられているのを借りれば、元の釋圓至（號天隱）の注に、

霜夜客中愁寂、故怨鐘聲之太早也。夜半者、狀其太早而甚怨之之辭。說者不解詩人活語、乃以爲實半夜。故多曲說、而不知首句月落烏啼霜滿、乃欲曙之候矣。豈眞半夜乎。……（『增註唐賢絕句三體詩法』）

霜の降りた夜に旅の身は寂しく、そこで鐘の音が早すぎるのを怨むのである。「夜半」というのは、早すぎることを示す怨みの言葉である。詩人の「生きた言葉」が理解できない注釋は、實際に眞夜中のことだと考えて、樣々な曲說を立て、首句の「月落烏啼霜滿天」が、夜が明けようとしている時刻であるのに氣付かない。本當に夜中であるはずがない。……

とあるのを承けた義堂周信は、天隱がもう朝が來たと解するのとは逆に、眠れない夜がなかなか明けないと捉える（『三體詩幻雲抄』）のだが、「夜半」を實際の時刻ではなく、心理のもたらす錯覺を借りたレトリックと見なしているところは同じだ。さらにそこから尾ひれをつけて、中諦（字は觀中）のように、妓女と密會する約束を反故にされた寂寥の思いを張繼が唱ったものだという解釋まで登場する（『聽松和尚三體詩之抄』）。五山の僧たちがこうした解釋を生み出した背景には、異性を思って眠れないというモチーフが定着していた相聞歌の土壤があって、詩歌に接する際にそれが暗に作用を及ぼしていただろう。

五山の解釋が展開したこのような方向へ中國では向かわなかったようだが、しかし明代に至ると、「半夜鐘」が實際にあったか否かという宋代の議論を一氣に無效にする新たな意見が提起される。胡應麟『詩藪』外編巻四の一條である。胡應麟によれば、事實か否かを巡って議論するのは、昔の人にからかわれているようなものだという。「聲律之調」、「興象之合」、それこそが詩にとって重要なのであって、「區區たる事實」に拘泥する必要はないというのである。詩と事實のつながりを否定する論は、『詩藪』のその前の條にも繰り返されている。

韋蘇州「春潮帶雨晩來急、野渡無人舟自横」。宋人謂滁州西澗、春潮絶不能至、不知詩人遇興遣詞、大則須彌、小則芥子、寧此拘拘。癡人前政自難説夢也。

韋應物の「春潮　雨を帶びて晩來急なり、野渡　人無くして舟自ら横たわる」について、宋人は滁州の西澗には、春潮は絶對來ることがないという。詩人が詩興に巡り會って表現するのは、大なるものは須彌に至り、小なるものは芥子に至るまで自由自在、こんなことにこだわりはしない。癡れ者の前で夢の話をするようなもので、埒が明かないことである。

韋應物の七絶「滁州西澗」、ことにその末句の「野渡無人舟自横」は名句としてとりわけ名高いものだが、それに對しても、事實との齟齬を難じる議論があったことを擧げて、胡應麟は詩に對するそうした態度を眞っ向から否定する。胡應麟の詩學においては「體格聲調」、「興象風神」、それが根幹に据えられ、詩が事實と一致するか否かは問題ではない、それがわからない人は詩がわからないのだ、という立場である。

この論調は、詩觀のうえではまったく異なる清の袁枚にも共通している。『隨園詩話』巻八にいう、

唐人「姑蘇城外寒山寺、夜半鐘聲到客船」、詩佳矣。歐公譏其夜半無鐘聲。作詩話者又歷擧其夜半之鐘以證實之。如此論詩、使人夭閼性靈、塞斷機括、豈非詩話作而詩亡哉。

唐人の「姑蘇城外寒山寺、夜半の鐘聲　客船に到る」、この詩はよい。歐陽脩は夜半には鐘の音はないと非難し、詩話作者たちは夜半の鐘を列擧して實證した。このようなかたちで詩を論じることは、性靈を塞いでしまい、機括を閉ざしてしまう。これこそ「詩話作《おこ》りて詩亡ぶ」というものだ。

歐陽脩の批判もそれに對する反駁も、いずれも詩を損なうと斷罪する。それは詩にとって肝要な「性靈」「機括」を阻害するというのである。袁枚のいわゆる「性靈說」は、胡應麟が連なるところの前後七子の復古的立場を否定するところから生じているのだが、事實への拘泥を否定する點においては通じ合うところがある。それぞれが主張する概念は違っていても、詩を言語外の現實との關係で捉えるのではなく、詩内部の味わいを何よりも重視するという點で共通するのである。

以上に見てきたように、歐陽脩が「半夜鐘」は實際にはありえないと難じたことに對して、後續する宋代の詩話では文獻と體驗に基づいて反論を連ねていた。歐陽脩の指摘とそれに對する反論、どちらにも前

提となっているのは、詩は事實と齟齬してはならないという事實優先の立場である。但し歐陽脩が必ずしも事實偏重主義でないことには留意しておかねばならないが、とりあえずこの議論の展開に限れば、歐陽脩はそれを提起した最初の人であり、以後の論はすべてその掌のなかで反論しているに過ぎない。問題は彼らはなぜ詩と事實との關係に拘り始めたのか、それは中國の詩の歴史のなかでどのような意味をもつか、ということだ。

事實を尊重する、ないし偏重する、という態度は、中國ではもともとはなはだ根強いものであった。たとえば『搜神記』にこんな話が載っている。魏の文帝は『典論』のなかで「火浣布」というものはありえないと斷じた。ところがのちに西域の使者が「火浣布」を實際に獻じるに及び、明帝は石に刻した『典論』のその部分を削り取った、という（『三國志』巻四「少帝紀」裴松之注）。しかしここで問題とされているのは、『典論』という文のなかの、事實と齟齬する記述である。詩についても事實を優先する見方があらわれるのは、宋代まで待たねばならない。宋に至って突如としてこうした議論が出てきたことは、この時期に詩觀の大きな變化が生じたことを示している。すなわち、それ以前の、文學内部の規範が強固に存在していた時代にあっては、詩句はその枠組みのなかで機能するものであるから、それが實際とどのような關係にあるかは、問題にされることはない。すべては文學的因襲と文學的環境のなかでのみ成立しているのである。事實との關係が問われるようになったのは、文學を成立させていた強固な枠組みが緩み始めたからだ。文學は日常と地續きのものとして捉えられるようになる。それが宋詩の日常化といわれるものであり、文學の傳統にはかつて取り上げられることのなかった素材、感情、思考がどっと入ってくるようになる。詩を圍っていた枠が解體し、現實との間に障壁がなくなったがために、詩は事實と一致しているかどうかが問われるようになったのである。

胡應麟が詩の「興象」を重視して、事實とのつながりを否定したことは、詩を再び日常世界、現實世界と切り離し、詩的感興が生動するもう一つの世界へと戻すものであった。とはいえ、それは唐以前の詩が文學的因襲のなかで自立していたものともはや同じではない。文學的因襲のなかにある讀者は、因襲の體系のなかに組み込まれている。讀者という獨立した存在はなく、文學的因襲だけが自立しているのである。それに對して胡應麟の唱える「興象」は讀み手と詩作品の間で感取されるものなのである。だからそれができない讀者は「癡人前政自難說夢也」と否定されることになる。袁枚の「性靈」說は中心とする概念は異なっても、作品と讀み手の關係では同じである。いずれも讀者が作品世界から獨立し、讀者自身が「興象」なり「性靈」なりを發動しないかぎり、詩の世界に入っていくことはできない。宋代から明代へのこの轉換は、詩觀の歷史のなかで非常に大きな變化であったと認めなければならない。

詩と事實とを合致させようとする宋人の議論を否定し、作品世界を現實世界とは別個に存在するもう一つの世界であるとする胡應麟・袁枚の詩觀は、今日の我々にとっても理解しやすいものである。しかし作品に自立した世界を認めるにしても、胡應麟や袁枚の立場とそのまま重ね合わせることもできない。詩（ことば）と現實との關係を今、我々はどのように捉えるか、今日の言語觀に卽して、そこから「半夜鐘」をめぐってもう一つの論が書かれなければならないだろう。

あとがき――「系譜の詩學」をめぐって――

私たちの世代の者が中國の文學を勉強しはじめた頃、同學の人と出會うと、「誰をやってますか」というかたちで尋ね合うのがふつうでした。それに對する答えは「李賀を勉強しています」とか「李商隱を讀んでいます」とかいったものでした。當時出ていた岩波書店の「中國詩人選集」や集英社の「漢詩大系」など、いずれも詩人ごとに卷がくくられていました。文學を讀んでいくうえの枠組みとして、作者個人を單位とすることが、ごく當然のこととして行なわれていたのでしょう。

しかしこのような讀み方は、ことに古典文學を讀む際には、必ずしもふさわしくないかもしれません。自分という讀み手と作品の書き手とが一對一の關係で結びつく、その緊密な個と個の紐帶によって讀む行爲が成立する――これはまさに近代以降の文學のありようというべきでしょう。近代文學では作品が文學性を獲得するために何よりも個性を備えることが要求されます。かけがえのない言語表現を目指し、他と異なることによって作者たりえている作者、そしてこれまたかけがえのない個人である（と思い込んでいる）讀者、兩者が對峙するのが讀む行爲だと考えられています。そこからさらに作品と作者とを一體の存在と決めて掛かったり、作者に人格的な達成を要求したりする態度が派生したこともありました。

古典文學の時代には、何よりもまず様式に沿い、文學的因襲に從うこと、それが文學たりうるために必要な條件でした。黄庭堅が杜甫の詩と韓愈の文について「一字として來處無きは無し」といった（「洪駒父に答うる書」）のは、彼らの新奇な語も「萬物を陶冶」し、「點鐵成金」をなしえていることを説く文脈のなかで述べられたものですが、それがもっぱら古典語の忠實な襲用を讃えるものとして受け止められてきました。その杜甫も現在では彼獨特の表現が注目を集めています。それぞれの時代の文學に對する接し方が過去の作品の受容に際しても作用していることがわかります。（ついでに言えば、杜甫がいかに多く『文選』の語を用いていたかではなく、それをどのように用いたのか、『文選』における用法とどのようにずれがあるか、さらにはいかに用いなかったか、それが今後の杜詩分析の課題となることでしょう。）

もっとも、古人もやはり剽竊か否か、しきりに議論していますから、古典文學と近代文學を樣式か個性か、單純に二分することはできません。要は重心がどちらに傾くか、兩者の比率の違いということに歸着するのでしょう。（それにしても「師古」と讃えられるか剽竊呼ばわりされるか、そのさかい目が那邊にあるかという微妙な問題は、これまた興味を惹かれるところです。）

夜空に點在する星は天空全體のなかに位置づけてはじめて個々の星座や星の名がわかるように、作品や作者も文學の全體のなかで本來は捉えるべきなのでしょう。古典文學の作者たちは、「個」としての輪郭をはっきりさせるよりも樣式への準據が優先される。作者の個性というものは、過去から蓄積されてきた文學的因襲、その時代を覆っていた文學的環境、そうした縱の時間軸、横の空間軸の交叉する一點に、三次元的なベクトルとして作用しているにすぎない。だから作品は表現が成立し受容される全體のなかで捉えられなければならない――そのように考えてはみても、實際に文學を成り立たせている全體を把握することは、不可能といっていいでしょう。ことに或る一つの時代を輪切りにした場合の文學環境というのは、ほとんどの作品が湮滅してしまっているわけですから、それを知る手だてはのこっていません。たとえば私たちは陶淵明の「五柳先生傳」について、王績の「五斗先生傳」がそれを繼承していることを理解しています。ところが王績の文集を見ていくと、王績と同時代に陶淵明にみずからをなぞらえて生きた賀襄という人、仲長子光という人がいて、王績は彼らのありかたを手近な見本としたようです（川合『中國の自傳文學』、一一〇頁）。陶淵明、王績、そして白居易という三つの點を一本の線で結ぶことによって私たちは一つの系譜を把握していましたが、實は王績の周邊にはそのような他のいくつかの點もあったことがわかります。そうした點の集まりを面として再構成することは不可能であるにしても、いま遺されているのが限られた點でしかなく、實際には多くの點が一つの面を作っていたことを、少なくとも念頭には置くべきでありましょう。

或る時代を覆っている文學空間を把握するのはむずかしくても、時代を貫く縦の筋、それを文學的な系譜としてつかむことなら、私たちにもいくらか近づけそうです。作品を系譜のなかに置いてみると、よりよく理解できるように思われます。中國古典文學はとりわけ様式性が強固なものですから、それは當然そうあるべき讀み方といわねばなりません。そして文學の系譜のなかに置いてみると、作品は因襲に寄りつつも、やはり時代による變化を被っていることも浮かび上がってきます。傳統の繼承と傳統からの逸脱、ないし傳統の創新――それこそ文學が展開していく機軸にほかなりません。しかしこうしたことはここで聲高に唱えるまでもなく、最近は一人の作者だけを凝視するよりも、系譜的な視點に立った論考の方が目立ってきているように思われます。私たちのなかの「近代」がしだいに薄れてきたためでしょうか。

本書に集めた論文はおおむねそうした關心から生まれたものです。「中國のアルバ」はずいぶん以前に書いたものですが、個人的な思い出が深く、ここに收めました。最初の赴任となった東北大學文學部、知る人もない敎授會におずおずと出てみると、目がきらきら輝いている長髪の人を見かけていかにも文學部らしい先生がおられると思ったのですが、その人が突然私の研究室に飛び込んできました。沓掛良彦と名乗り、いきなり發せられたご下問は、中國にきぬぎぬの歌はないか、というものでした。實は中國の詩についても沓掛先生の方が詳しくご存じでしたが、心から詩を味わう文人であったことに親しみを覺えたものです。沓掛氏がその後、ギリシャ・ラテンのみならず、中國古典詩についても次々と好著をものされているのは周知のとおりです。東洋史の安田二郎さん、英文學の高田康成さん、中國哲學の中嶋隆藏さん、そういう方々から惜しみなく敎えられてできあがったのが「中國のアルバ」です。當時の交遊を思うとなつかしさがこみ上げてきます。

それ以外の論考は京都へ移ってから、文學の系譜ということをより強く意識しながら書いたものですが、いずれも萌芽の段階で「五皓」の仲間（淺見洋二、乾源俊、西上勝、和田英信）に披露しています。自分のなかにふと生じたあえかな思いつき、それを的確に受け止めておもしろがってくれる人が身近にいることは、何よりの勵ましであり、研究という營みの歡びはここに盡きるといってもいいかと思います。

「半夜鐘」は松本肇氏『唐宋の文學』（創文社、二〇〇〇）の書評として、五皓が分擔執筆したものの一部です。新しい書評のスタイルを模索した意圖は、その冒頭の「もう一つの「書評」の試み」に記しましたが、松本氏の本と重ね合わせることによって機能する（はずの）ものですので、これだけ取り出すとなんだか奇妙なものになってしまいます。擧げている資料はほとんどすべて松本氏のそれを敢えてそのまま使っています。『唐宋の文學』と併せて讀んでいただきたいものです。

汲古書院の坂本健彦さん、石坂叡志さんにはずいぶんやきもきさせてしまいました。初校が出てから校了まで記録的な長い時間をかけてしまったからです。親身になって編集にたずさわってくださった小林詔子さんは切り繪作家でもあり、いつか自分の本にその作品を使わせていただきたいと思っていましたが、この本のなかで實現できたことは望外の喜びです。再校は綠川英樹さんにお願いしました。最も恐い讀み手の一人を最初の讀者に選んだことになります。綠川さんは内容に關しても踏み込んだ意見を數々呈してくださいましたが、それを受け止めて深めることは今後の自分の課題とし、今回は誤植・誤記を訂正し、補注・附記を加えるにとどめました。

お名前を記した方々に心から感謝を捧げます。

二〇〇二年十二月

川合　康三

初出一覧

中國のアルバ――あるいは樂府「烏夜啼」について　『東北大學文學部研究年報』三五、一九八六年

うたげのうた　『中國文學報』五三、一九九六年

蟬の詩に見る詩の轉變　『中國文學報』五七、一九九八年

悲觀と樂觀――抒情の二層　『興膳教授退官記念中國文學論集』汲古書院、二〇〇〇年

峴山の淚――羊祜「墮淚碑」の繼承　『中國文學報』六二、二〇〇一年

半夜鐘――詩話に見る詩觀の轉變（書評　松本肇『唐宋の文學』）　『中國文學報』六二、二〇〇一年

29
陸賈『新語』の研究
福井重雅著

秦末漢初の学者、陸賈が著したとされる『新語』の真偽問題に焦点を当て、緻密な考証のもとに真実を追究する一書。付節では班彪『後伝』・蔡邕『独断』・漢代対策文書について述べる。
▼２７０頁／本体３０００円

30
中国革命と日本・アジア
寺廣映雄著　前著『中国革命の史的展開』に続く第二論文集。全体は三部構成で、辛亥革命と孫文、西安事変と朝鮮独立運動、近代日本とアジアについて、著者独自の視点で分かりやすく俯瞰する。
▼２５０頁／本体３０００円

31
老子の人と思想
楠山春樹著

『史記』老子伝をはじめとして、郭店本『老子』を比較検討しつつ、人間老子と書物『老子』を総括する。
▼２００頁／本体２５００円

32
中国砲艦『中山艦』の生涯
横山宏章著　長崎で誕生した中山艦の数奇な運命が、中国の激しく動いた歴史そのものを映し出す。
▼２６０頁／本体３０００円

33
中国のアルバ―系譜の詩学
川合康三著　「作品を系譜のなかに置いてみると、よりよく理解できるように思われます」（あとがきより）。壮大な文学空間をいかに把握するかに挑む著者の意欲作六篇。
▼２６０頁／本体３０００円

34
明治の碩学
三浦　叶著

著者が直接・間接に取材した明治文人の人となり、作品等についての聞き書きをまとめた一冊。今日では得難い明治詩話の数々である。
▼３８０頁／本体４３００円

〈既刊〉

ああ　哀しいかな―死と向き合う中国文学
佐藤保・宮尾正樹編　中国文学における「死を悼む諸相」を紡ぎ上げる19篇。佐藤保主催のお茶の水女子大学受業生による研究会「マルサの会」の成果。
▼Ａ５判上製カバー／３５０頁／本体３８００円

歐陽脩古文研究
東　英寿著

北宋の歐陽脩が目指した「文」がいかなるものであったかを事前運動である行巻に焦点を当てることから読み解く。
▼Ａ５判上製箱入／４５０頁／本体１２０００円

魯迅・明治日本・漱石―影響と構造への総合的比較研究―
潘　世　聖著

中国人研究者による初めての本格的「日本留学期の魯迅」研究。
▼Ａ５判上製箱入／３４０頁／本体９０００円

書生と官員―明治思想史点景
中野目　徹著

史料を博捜して明治知識人個々の思想像を提示する研究導論。
▼四六判上製カバー／２３４頁／本体２８００円

20 グリーンティーとブラックティー

中英貿易史上の中国茶

矢沢利彦著　本書は一八世紀から一九世紀後半にかけて中英貿易で取引された中国茶の物語である。当時の文献を駆使して、産地・樹種・製造法・茶の種類や運搬経路まで知られざる英国茶史の原点をあますところなく分かりやすく説明する。

▼260頁／本体3200円

21 中国茶文化と日本

布目潮渢著

近年西安西郊の法門寺地下宮殿より唐代末期の大量の美術品・茶器が出土した。文献では知られていたが唐代の皇帝が茶を愛玩していたことが証明された。長い伝統をもつ茶文化—茶器について解説し、日本への伝来と影響についても豊富な図版をもって説明する。カラー口絵4葉付

▼300頁／本体3800円

22 中国史書論攷

澤谷昭次著

先年急逝された元山口大学教授澤谷先生の遺稿約三〇篇を刊行。東大東洋文化研究所に勤務していた時「同研究所漢籍分類目録」編纂に従事した関係から漢籍書誌学に独自の境地を拓いた。また司馬遷「史記」の研究や現代中国の分析にも一家言を持つ。

▼520頁／本体5800円

23 中国史から世界史へ　谷川道雄論

奥崎裕司著　戦後日本の中国史論争は不充分なままに終息した。それは何故か。谷川氏への共感をもとに新たな世界史像を目ざす。

▼210頁／本体2500円

24 華僑・華人史研究の現在

飯島　渉編　「現状」「視座」「展望」について15人の専家が執筆する。従来の研究を整理し、今後の研究課題を展望することにより、日本の「華僑学」の構築を企図した。

▼350頁／本体2000円

25 近代中国の人物群像

——パーソナリティー研究——

波多野善大著　激動の中国近現代史を著者独自の歴代人物の実態に迫る研究方法で重要人物の内側から分析する。

▼536頁／本体5800円

26 古代中国と皇帝祭祀

金子修一著

中国歴代皇帝の祭礼を整理・分析することにより、皇帝支配による国家制度の実態に迫る。

▼340頁／本体3800円　好評再版

27 中国歴史小説研究

小松　謙著

元代以降高度な発達を遂げた小説そのものを分析しつつ、それを取り巻く環境の変化をたどり、形成過程を解明し、白話文学の体系を描き出す。

▼300頁／本体3300円

28 中国のユートピアと「均の理念」

山田勝芳著　中国学全般にわたってその特質を明らかにするキーワード、「均の理念」「太平」「ユートピア」に関わる諸問題を通時的に叙述。

▼260頁／本体3000円

11 中国語文論集 文学篇

太田辰夫著

本巻には文学に関する論考を収める。「紅楼夢」新探／「鏡花縁」考／「児女英雄伝」の作者と史実等。付固有名詞・語彙索引

▼350頁／本体3398円

12 中国文人論

村上哲見著

唐宋時代の韻文文学を中心に考究を重ねてきた著者が、詩・詞という高度に洗練された文学様式を育て上げ、支えてきた中国知識人の、人間類型としての特色を様々な角度から分析、解明。

▼270頁／本体2912円

13 真実と虚構―六朝文学

小尾郊一著

六朝文学における「真実を追求する精神」とはいかなるものであったか。著者積年の研究のなかから、特にこの解明に迫る論考を集めた。

▼350頁／本体3689円

14 朱子語類外任篇訳注

田中謙二著

朱子の地方赴任経験をまとめた語録。当時の施政の参考資料としても貴重な記録である。「朱子語類」の当時の口語を正確かつ平易な訳文にし、綿密な註解を加えた。

▼220頁／本体2233円

15 児戯生涯―読書人の七十年

伊藤漱平著

元東京大学教授・前二松学舎大学長、また「紅楼夢」研究家としても有名な著者が、五十年近い教師生活のなかで書き綴った読書人の断面を随所にのぞかせながら、他方学問の厳しさを教える滋味あふれる随筆集。

▼380頁／本体3883円

16 中国古代史の視点 私の中国史学(1)

堀　敏一著　中国古代史研究の第一線で活躍されてきた著者が研究の現状と今後の課題について全二冊に分かりやすくまとめた。本書は、1時代区分論　2唐から宋への移行　3中国古代の土地政策と身分制支配　4中国古代の家族と村落の四部構成。

▼380頁／本体3883円

17 律令制と東アジア世界 私の中国史学(2)

堀　敏一著　本書は、1律令制の展開　2東アジア世界と辺境　3文化史四題の三部よりなる。中国で発達した律令制は日本を含む東アジア周辺国に大きな影響を及ぼした。東アジア世界史を一体のものとして考究する視点を提唱する著者年来の主張が展開されている。

▼360頁／本体3689円

18 陶淵明の精神生活

長谷川滋成著

詩に表れた陶淵明の日々の暮らしを10項目に分けて検討し、淵明の実像に迫る。内容＝貧窮・子供・分身・孤独・読書・風景・九日・日暮・人寿・飲酒　日常的な身の回りに詩題を求め、田園詩人として今日のために生きる姿を歌いあげ、遙かな時を越えて読むものを共感させる。

▼300頁／本体3204円

19 岸田吟香―資料から見たその一生

杉浦　正著　幕末から明治にかけて活躍した日本近代の先駆者―ドクトル・ヘボンの和英辞書編纂に協力、わが国最初の新聞を発行、目薬の製造販売を生業としつつ各種の事業の先鞭をつけ、清国に渡り国際交流に大きな足跡を残すなど、謎に満ちた波乱の生涯を資料に基づいて克明にする。

▼440頁／本体4800円

汲古選書

既刊34巻

1
一言語学者の随想
服部四郎著

わが国言語学界の大御所、文化勲章受賞・東京大学名誉教授故服部先生の長年にわたる珠玉の随筆75篇を収録。透徹した知性と鋭い洞察によって、言葉の持つ意味と役割を綴る。

▼494頁／本体4854円

2
ことばと文学
田中謙二著

京都大学名誉教授田中先生の随筆集。

「ここには、わたくしの中国語乃至中国学に関する論考・雑文の類をあつめた。わたくしは〈ことば〉がむしょうに好きである。生き物さながらにうごめき、またピチピチと跳ねっ返り、そして話しかけて来る。それがたまらない。」（序文より）

▼320頁／本体3107円　好評再版

3
魯迅研究の現在
同編集委員会編

魯迅研究の第一人者、丸山昇先生の東京大学ご定年を記念する論文集を二分冊で刊行。執筆者＝北岡正子・丸尾常喜・尾崎文昭・代田智明・杉本雅子・宇野木洋・藤井省三・長堀祐造・芦田肇・白水紀子・近藤竜哉

▼326頁／本体2913円

4
魯迅と同時代人
同編集委員会編

執筆者＝伊藤徳也・佐藤普美子・小島久代・平石淑子・坂井洋史・櫻庭ゆみ子・江上幸子・佐治俊彦・下出鉄男・宮尾正樹

▼260頁／本体2427円

5・6
江馬細香詩集「湘夢遺稿」

入谷仙介監修・門玲子訳注　幕末美濃大垣藩医の娘細香の詩集。頼山陽に師事し、生涯独身を貫き、詩作に励んだ。日本の三大女流詩人の一人。

▼⑤本体2427円／⑥本体3398円　好評再版

7
詩の芸術性とはなにか

袁行霈著・佐竹保子訳　北京大学袁教授の名著「中国古典詩歌芸術研究」の前半部分の訳。体系的な中国詩歌入門書。

▼250頁／本体2427円

8
明清文学論
船津富彦著

一連の詩話群に代表される文学批評の流れは、文人各々の思想・主張の直接の言論場として重要な意味を持つ。全体の概論に加えて李卓吾・王夫之・王漁洋・袁枚・蒲松齢等の詩話論・小説論について各論する。

▼320頁／本体3204円

9
中国近代政治思想史概説

大谷敏夫著　阿片戦争から五四運動まで、中国近代史について、最近の国際情勢と最新の研究成果をもとに概説した近代史入門。1阿片戦争 2第二次阿片戦争と太平天国運動 3洋務運動等六章よりなる。付年表・索引

▼324頁／本体3107円

10
中国語文論集　語学・元雑劇篇
太田辰夫著

中国語学界の第一人者である著者の長年にわたる研究成果を全二巻にまとめた。語学篇＝近代白話文学の訓詁学的研究法等、元雑劇篇＝元刊本「看銭奴」考等。

▼450頁／本体4854円

著者略歴

川合　康三（かわい　こうぞう）

1948年4月4日、濱松市に生まれる。京都大學文學部卒業、京都大學大學院文學研究科修了。京都大學文學部助手、東北大學文學部講師、助敎授、京都大學文學部助敎授、敎授を經て、京都大學大學院文學研究科敎授。博士(文學)。

著書：『曹操』（集英社、1986)、『文選』（興膳宏氏と共著、角川書店、1988)、『隋書經籍志詳攷』（興膳宏氏と共著、汲古書院、1995)、『風呂で讀む杜甫』（世界思想社、1996)、『中國の自傳文學』（創文社、1996)、(『中國的自傳文學』蔡毅譯、中央編譯出版社、1999。『중국의 자전문학』沈慶昊譯、소명출판、2002)、『終南山の變容――中唐文學論集――』（研文出版、1999)

編著：『中唐文學の視角』（松本肇氏と共編、創文社、1998)、『中國の文學史觀』（創文社、2002)

汲古選書33

中國のアルバ――系譜の詩學

平成十五年四月四日　發行

著　者　川　合　康　三

發行者　石　坂　叡　志

印刷所　中台整版

モリモト印刷

發行所　汲　古　書　院

〒102-0072　東京都千代田區飯田橋二―五―四

電　話〇三（三二六五）九七六四

FAX〇三（三二二二）一八四五

ISBN4－7629－5033－5　C3398

KYUKO-SHOIN, Co.,Ltd. Tokyo

書名・詩題索引

さ

人名索引